밤의,
소설가

조광희 장편소설
밤의, 소설가

펴낸날 2024년 4월 12일

지은이 조광희
펴낸이 이광호
주간 이근혜
편집 허단 윤소진 김필균 이주이 방원경 유하은
마케팅 이가은 최지애 허황 남미리 맹정현
제작 강병석
펴낸곳 ㈜문학과지성사
등록번호 제1993-000098호
주소 04034 서울 마포구 잔다리로7길 18(서교동 377-20)
전화 02) 338-7224
팩스 02) 323-4180(편집) / 02) 338-7221(영업)
대표메일 moonji@moonji.com
저작권 문의 copyright@moonji.com
홈페이지 www.moonji.com

ISBN 978-89-320-4247-3 03810

조광희
장편소설

밤의, 소설가

문학과지성사

차례

밤의, 소설가

물리학만큼이나 법률에도 인류의 지혜가 담겨 있지만, 사람들은 법과 법률가 그리고 법정을 믿지 않는다. 법정의 변호인석에 앉은 건우는 검사의 법복에 덧대어진 두 줄의 자주색 장식용 천을 골똘히 바라보고 있다. 검사는 건우의 눈길이 부담스러웠는지 헛기침을 하며 법복의 매무새를 가다듬는다. 뒤이어 소송기록을 뒤적거리더니 살짝 뭉개진 발음으로 빠르게 말했다.

"이현식을 증인으로 신청합니다."

"누구죠?"

잘 손질된 머리칼 덕분에 산뜻한 인상을 풍기는 판사가 검사를 흉내 내듯 검사 못지않게 빠르게 묻는다. 세상의 누구도 주목하지 않는 소소한 재판을 하고 있기에는 인생이 아까운 가을날의 금요일 오후다. 판사나 검사나 이 재판을 마치고 서둘러 주말여행을 떠나고 싶어

하는 걸까. 설마 둘이 손을 잡고 떠나는 건 아니겠지만 말이다.

"고소인을 만나러 식당에 왔다가 폭행 사건을 목격한 고소인의 친굽니다."

건우가 일부러 또박또박 느린 말투로 이의를 제기한다.

"경찰이나 검찰에서 조사받은 적도 없는데, 갑자기 나타난 목격잔가요?"

"갑자기 나타나다니요? 고소인이 굳이 친구를 사건에 관여시키고 싶어 하지 않아서, 수사 당시에는 알려지지 않았던 사람입니다."

여전히 빠른 말투로 검사가 불쾌한 표정을 감추지 않고 설명하자, 건우도 지지 않고 다시 이의를 제기한다.

"지금껏 고소인에게 우호적인 증인이 셋이 있었고, 하나같이 신빙성이 부족한 것으로 밝혀졌습니다. 그래서, 급조된 증인 아닌가요?"

"급조라뇨?"

검사가 신경질을 내며 판사를 쳐다본다. 주말여행에 몸이 달았을지도 모를 판사가 그만들 하라는 표정으로 말을 뱉는다.

"이현식을 증인으로 채택합니다. 변호인은 다투고 싶

은 게 있으면 증인신문 절차에서 탄핵하세요. 다음 기일은 2주 후 금요일 2시 어떻습니까?"

검사가 좋다고 대답하자, 건우도 말없이 고개를 끄덕인다. 이어 옆에 앉은 삼십대 중반의 피고인에게 말한다.

"다음 주에 구치소로 찾아가서, 증인신문에 관해 상의드릴게요."

법정 밖으로 나온 건우의 눈에 커다란 창문 너머 늦가을의 하늘이 비친다. 백신 개발에 사용되는 투구게의 피가 파랗다는 것을 알게 된 이후로는, 파란 하늘을 보면 실험실에서 피 흘리는 투구게가 유난히 연상되는 것을 피하지 못한다. 구름 몇 점이 보일 듯 말 듯 일렁인다. 건우가 스마트폰을 꺼내 비행기 모드를 끄자, 메시지 몇 개가 바로 들어온다. 망설이다가 사무실로 전화를 건다.

"약속도 없이? 누구? 바미? 바믜? 밤, 의, 윤밤의? 희한한 이름이네요. 바로 집으로 퇴근하려고 했는데…… 월요일에 오시라고 하지요. 잠깐만…… 바쁜 일도 없는데, 사무실에 들렀다 갈게요."

건우가 전화를 끊고, 이름을 발음해본다. 고개를 절레절레 흔들고는 서둘러 계단을 내려간다.

건우가 소속된 법무법인에는 열한 명의 변호사가 일하고, 두 개의 회의실이 있다. 건우가 두 개 중 작은 회의실에 들어갔을 때, 여자는 등을 보인 채 창밖의 하늘을 보고 있었다. 오늘 서울 하늘은 여러 사람의 주의를 끌고 있다. 건우는 여자의 네이비블루색 코트가 하늘빛과 잘 어울린다고 생각했다. 여자는 인기척에 돌아선다. 길이가 어깨에 못 미치는 밤색 머리칼은 염색을 한 듯도 하고, 안 한 듯도 하다. 건우는 이마 위쪽 여남은 가닥의 보라색 머리칼이 음식 위에 얹은 고명 같다고 생각한다.

"한건우 변호삽니다. 원래 약속하고 방문하셔야 되는데……"

아이패드를 든 건우가 명함을 건네면서 자리에 앉았다.

"전 명함이 없어서…… 윤밤의라고 합니다."

윤밤의도 자리에 앉으며, 이름의 음절을 또박또박 발음한다. 그러지 않으면 전달하기 어려운 이름이다.

"성함이 예사롭지 않네요. 순한글 이름이겠죠? '밤의 여왕' 혹은 「밤의 찬가」라고 할 때의 '밤의'인가요?"

"네, 작품 쓸 때 사용하는 이름입니다."

"아, 제 비서에게서 글을 쓰는 분이라고 전해 들었습

니다. 소설을 외국에 출판하게 되었는데, 그 계약에 관해 자문을 얻고 싶으시다고……"

윤밤의는 태국의 출판사로부터 영문 계약서 초안을 받았는데, 해외 출판 계약은 처음이라 찾아왔다고 설명했다. 자신의 초판을 출간한 한국 출판사는 규모가 작아서 그런 경험이 없으니, 차라리 자신이 알아보기로 했다는 말도 덧붙였다. 건우는 명함에 적힌 이메일로 지금 바로 계약서 초안을 보내달라고 요청하면서 묻는다.

"저를 어떻게 알고 찾아오셨죠?"

"지인에게 소개받았어요. 인터넷 검색도 해보았고요."

"네, 일단 살펴보겠습니다. 필요하면 저작권 전문 변호사의 도움을 받도록 하죠."

건우는 주로 형사사건을 담당하지만 이 일을 못 맡을 것도 없다고 생각한다. 이메일 도착 알림이 울린다. 건우는 아이패드로 메일을 확인한다. 세 쪽 정도의 짧은 계약서다. 출판계에서 사용되는 전형적인 표준계약서로 짐작된다. 건우는 그다지 복잡한 것 같지 않다며, 월요일 오후에 다시 올 수 있겠느냐고 묻는다. 윤밤의가 그날 점심 직후에 치과에 갈 일이 있어서 늦은 오후가 좋겠다고 하자, 건우는 오후 5시에 뵙자고 하고서 마무리한다.

엘리베이터 앞에서 배웅하고 돌아선 건우는 다시 사무실로 간다. 책상 앞에 앉아서 점심 이후에 들어온 이메일을 체크하는데, 시선이 자꾸 모니터 너머 하늘로 간다. 주의를 빼앗기는 게 어쩐지 싫지 않다. 건우는 인터넷에서 윤밤의를 검색한다. 7년 전에 데뷔하여 두 권의 소설집과 한 권의 장편소설을 냈고, 지방 매체에 몇 개의 짧은 기사가 있다. 건우는 바탕화면에서 인공지능AI 앱을 클릭하고, 윤밤의가 보내준 출판 계약서의 번역을 지시한다. AI는 커서를 깜박거리다가 번역을 시작한다. 건우는 5초도 지나기 전에 번역이 끝난 한글본을 주의 깊게 읽는다. 일반적인 법률적 관점에서 모호하거나 불공평한 조항은 없었다. 계약에 적용될 준거법이 태국 법이고, 분쟁이 생길 경우에 태국의 수도에서 재판을 한다는 것은 작가에게 불리한 조항인데, 한국 법을 적용하고 서울에서 재판을 하자고 제안할 때 상대방이 수용할지는 알 수 없었다. 건우는 AI에게 텍스트로 질문한다.

[이 계약서에서 살펴보아야 할 주요한 쟁점은?]

AI가 지체 없이 대답한다.

[1. 인세의 적정성 2. 출판 기간 3. 준거법 4. 분쟁이 생길 경우의 관할법원]

건우는 너무 뻔한 답변이라고 생각하며, 아무래도 지식재산권 전문 변호사인 홍 변호사에게 확인을 받아야겠다고 마음먹는다. 홍 변호사에게 메일을 쓰고, 계약서를 첨부해서 보낸다. 건우는 컴퓨터를 끄고 의자에서 일어나려다 말고 다시 앉는다. 스마트폰의 터치스크린을 조작하여 다시 AI 앱을 연다. 이번에는 음성으로 대화를 시도한다.

"레비야!"

"네, 무엇을 도와드릴까요?"

레비라는 이름은, 자기를 드러내는 것을 좋아하는 어느 프랑스 지식인에 관한 기사를 읽다가 즉흥적으로 지었다. AI 구독을 신청하면서 선택해야 할 여러 사항이 있었다.

- 자신이 이용할 AI의 별칭

- 법률, 문화, 과학, 정보 기술 같은 전문 분야의 선택
- 텍스트만으로 대화할 것인지 아니면 음성으로도 대화할 것인지
- 몇 개의 기기에서 사용할 것인지
- 스토리텔링 기능을 추가할 것인지
- AI에게도 질문을 허용할 것인지

등등. 건우가 선택한 옵션에 따른 매월 구독료는 3만 4천 원이었다. 엉뚱한 답변을 할 때도 있지만, 개인 비서와 말동무 역할만으로도 가치는 충분히 있었다.

"강남 교보문고에 윤밤의가 쓴 소설의 재고가 있는지 확인해줘."

"……세 권의 소설 중 재고가 있는 것은 없습니다."

"그럼, 인터넷으로 주문해줘."

"세 권 모두 주문할까요?"

"아니, 한 권만. 음…… '그리운'이란 단어로 시작하는 책이 있었는데……"

"『그리운 것도 없는 밤』 바로 주문합니다. 내일 오후에 도착 예정입니다."

건우는 의자에서 일어났다. 집에서 드라마나 보다가 잠들자는 궁리를 하며 방을 나왔다.

겨드랑이 사이로 한기를 느낀 건우가 눈을 떴다. 거실 바닥으로 반쯤 떨어진 담요를 끌어당긴다. 의식이 돌아온다. 리클라이너에서 잠이 들었나 보다. 앉은 것도 누운 것도 아닌 애매한 자세를 바로잡는다. 오른쪽 엉덩이 부근에서 리모컨을 찾아 TV를 끈다. 거실 한편의 조명만 남게 되자, 용산에 위치한 오피스텔 바깥의 건물들이 형체를 드러낸다. 몇 시쯤 되었을까. 건우는 시계를 보지 않고 시간을 가늠해본다. 4시 17분? 거실 바닥에 떨어진 스마트폰을 주워 시간을 본다. 4시 32분. 건우는 어렸을 때부터 현재 시간을 짐작해보는 버릇이 있었다. 대학에 입학할 무렵에는 거의 5분 이내의 오차로 시간을 맞힐 정도로 숙련이 되었는데, 사십대에 들어서면서부터 어쩐 일인지 정확성이 떨어졌다. 설마 노화의 한 증상일까.

건우는 뻐근한 몸을 가누며 리클라이너에서 일어났다. 창가 옆의 책상으로 가서 아이맥을 켠다. 뉴스와 이메일을 체크한 후 침대로 가서 다시 잠을 청할 생각이다. 힐끗 바깥을 내다본다. 건너편 주상복합 건물의 맨 위층 오른쪽 구석의 집만 불이 켜져 있다. 새벽녘에 자주 불이 켜져 있는 저 집의 주인은 뭘 하는 사람일까. 계속 지켜보지 않아서, 잠들지 못하는 것인지 일찍 일어나는 것인지 알 수 없었다. 오스트리아 빈에 사는 수연에게서 메일이 와 있다. 혼인신고를 하지 않은 상태로 헤어져 전처라고 하기는 애매하고, 가족들만 모이기는 했지만 결혼식을 올렸으니 예전 여자 친구라고 할 수도 없는 관계였다. 자기 어머니가 코로나에 걸렸는데 챙겨드릴 수 있냐는 메일이었다.

건우는 지금도 의아하다. 서로 소원하기는 했지만, 결혼식까지 올린 사이를 그렇게 쉽게 원점으로 돌릴 수 있는 걸까. 여행지에서 저항할 수 없는 사랑에 빠졌다고 그토록 담담하게 말할 수 있는 걸까. 문제의 그리스인 남자 이름은 헤르메스라고 했다. 헤르메스라는 이름은 건우를 위축시켰다. 사랑을 두고 신과 경쟁할 방법은 없지 않은가. 각자의 짐을 정리하고 한 달 만에 유럽으로 날아간 수연은 죄책감 따위는 없어 보였다. 미안하다는 말을 남발하는 게 너무나 자연스러워서, 건우로서는 자신의 매력이 부족한 것을 한탄해야 하는 분위기가 조성

됐다. 건우도 결혼식을 올린 지 3년쯤 지나자, 다른 여자들이 눈에 들어오던 터였다. 그대로 헤어지는 게 나쁘지 않겠다는 심사가 없던 것도 아니다. 삶은 우리의 기대를 자주 배반하지만, 그 배반은 우리에게 새로운 삶도 선물한다. 거듭되는 배반 속에서 어렴풋이나마 그것을 깨달은 사람은 삶에 농락당할 때 분노와 함께 미열 같은 가벼운 흥분도 느끼게 된다.

그렇게 헤어지고 오피스텔로 이사 온 것이 1년 반 전이다. 두어 달 후엔 다시 주인과 임대차계약 협상을 해야 한다. 건우는 이런 삶도 괜찮다고 믿었다. 아직 젊었다. 모든 것이 편리한 서울 생활도 도움이 되었다. 힘써 일하고, 친구를 만나며, 여가를 즐기는 삶. 가끔 데이트하고, 원하는 모든 음악, 전시, 공연, 영화 그리고 드라마에 빠질 수 있는 현대 생활. 자기 인생에서 아내와 아이라는 존재는 더 이상 없을 거라는 예감이 건우의 낙관주의를 위협하기에는, 21세기의 풍요가 지나치게 많은 것을 채워주었다. 풍요의 대가를 호되게 치르고 있는 세상을 변화시키겠다는 생각을 접은 이후로, 삶은 나날이 평탄해지고 마음은 평안해졌다. 변호사 일을 건강하게 해낼 수만 있다면, 삶을 위협하는 건 그다지 없을 거라는 믿음이 건우의 마음속에 견고하게 자리 잡았다. 부모의 넉넉한 유산이 예약된 수연은 더 분방했고, 작은 여신처럼 또는 신의 반려처럼 삶을 즐겼다. 건우는 그 삶에 반대할 명분도 없었고, 필요도 못 느꼈다. 생각보다 서운하지 않았고, 가느다란 우정은 이어졌다.

건우는 수연의 어머니를 잘 돌보겠다고 답장한 후, 뉴스를 체크했다. 토요일이라 그런지, 클릭할 가치를 못 느끼는 연예 기사 말고는 새로운 뉴스가 거의 없었다. 건우는 아이맥을 끄고 화장실에 가서 입을 헹군 후 이번에는 침대에 제대로 누웠다. 두어 시간 눈을 붙인 후 조조 영화나 보러 갈까 생각하다가 스르르 잠에 빠졌다.

건우는 일어나자마자 수연의 어머니에게 안부 전화를 하고 나서, 포도주스와 삶은 달걀로 아침을 때웠다. 하루를 어떻게 소일할까 고민하다가 멀티플렉스에서 일본 애니메이션을 보았다. 영화를 반추하며 자주 가는 일식당에서 혼자 소바를 먹고, 정오 무렵 오피스텔로 돌아왔다. 현관 앞에 작은 상자가 놓여 있었다. 윤밤의의 소설일 것이다. 건우는 실내복으로 갈아입고, 양치를 한 후 책을 펼쳤다. 표제작부터 읽었다. 「그리운 것도 없는 밤」. 아는 이의 책을 읽을 때면, 책이 마음에 들지 않을까 조바심을 내게 된다. 소설은 뜻밖에 괜찮았다. 쓸데없이 이름만 높은 작가보다 낫다는 생각마저 들었다. 그리운 것들이 차츰 손아귀에서 빠져나갈 때 느끼는 엷은 슬픔과 그럴수록 늘어가는 내면의 자유를 바라보는 기꺼운 마음을 산뜻하게 표현한 윤밤의, 그 여자가 문득 보고 싶었다. 건우는 까맣고 서늘한 눈과 단정한 콧대 그리고 자연스러운 미소 때문에 책을 주문했다는 것을 뒤늦게 깨닫는다. 어디선가 본 듯한 얼굴이지만, 자신에게 호감을 주는 얼굴들은 비슷하기 마련이라고 생각했다.

건우는 이어서 맨 앞에 수록된 단편을 읽는다. “기억의 알리바이”라는 제목이다. 두 남녀가 트위터에서 알게 되어 즉흥적으로 만난다. 건우는 갑자기 이 소설이 작가의 얼굴만큼이나 낯익다는 것을 깨달았다. 어떻게? 그건 건우의 이야기였다. 세부 사항이나 플롯이 실제와 다르기는 했지만, 잊고 있던 옛일을 소재로 했다. 건우가 기억을 더듬어보니, 12년 전 일이다. 철학과를 졸업하고 진로를 고민하다가 사법시험 준비를 하는 인물은 영락없이 건우다. 자신이 새로 들어선 길에 확신을 갖지 못해 걸핏하면 거리를 배회하던 초췌한 청년. 건우는 단편을 절반쯤 읽다가 책을 내려놓는다. 어떤 생각에 사로잡힐 때면 습관처럼 그러듯이, 거실을 빙빙 돈다.

그 여자의 이름이 뭐였더라. 두 번, 많아야 세 번 정도 만나고 헤어졌기에 기억이 나지 않는다. 적어도 '밤의'라는 이름은 아니었다. 본명이 적혀 있을까 하여 다시 열어본 계약서 초안의 서명란에는 'Balmy'라는 영문명이 보였다. 무슨 일을 하는 사람이었는지도 기억나지 않는다. 얼굴을 떠올려보았다. 고운 얼굴이라는 느낌은 남아 있으나, 특징이 전혀 기억나지 않았다. 밤의의 얼굴을 기억에 대입시켜본다. 그 사람일 수도 있고, 아닐 수도 있다. 건우는 이렇게 기억이 흐릿할 수 있다는 게 실망스럽다. 두 번 또는 세 번의 만남에서 매번 술을 마셨기 때문일지도 모른다. 곰곰이 따져보니 두 번이었다. 두번째 만났을 때 같이 밤을 보냈고, 이후로는 만나지 못했다.

건우는 단편을 마저 읽는다. 역시 두 번의 만남으로 소설은 끝난다. 건우가 실제로 그랬듯이 남자가 어떤 인생을 살아야 할지 번민하다가 파타고니아로 여행을 떠난다. 두 사람은 별다른 이유 없이 만나지 않는 것으로 마무리되는데, 건우도 실제로 자기가 어떻게 헤어졌는지 기억이 나지 않았다. 누가 누구를 외면하거나 하는 일 없이, 그냥 흐지부지되었던 게 아닐까 싶다. 다른 것은 아무래도 좋았다. 건우에게 중요한 것은 그 여자가 윤밤의인지, 만일 그 여자가 윤밤의라면 법률 자문이 아닌 다른 목적으로 찾아온 것인지 알아내는 것이다. 그 여자가 윤밤의가 아니라면, 윤밤의는 그 여자와 무슨 관계인지 알아야 한다. 건우는 자기가 화가 나 있다는 것을 느낀다. 그 이유를 생각해본다. 사생활이 소설의 소재가 되어서? 그런 일은 있을 수 있고, 어떤 의미에서는 재미있기도 하다. 영화에 우연히 단역으로 출연하는 것처럼 말이다. 무료한 인생에 주어진 공짜 디저트 같은 것 아닌가. 자신이 못난 인물로 그려진 것도 아니었다. 심지어 제법 사랑스러운 남자로 그려져 있었다.

하지만 같이 밤을 보낸 장면이 불필요하게 집요하고 선정적이었다. 문학에서 '불필요'라는 말이 가능하다면 말이다. 남들은 몰라도 건우는 그 묘사에서 지문처럼 고유한 자신의 몸짓 두어 개를 보았고, 그것은 건우의 얼굴을 확 달아오르게 했다. 건우는 윤밤의가 바로 그 여자일 가능성이 높다고 생각한다. 그런 내밀한 이야기를 여자들이 서로 주고받을 것 같지는 않았다. 아니다. 모를 일이다. 건우는 자신이 어정쩡하게나마 결혼까지 하고도 여자라는 존재에 대해 무지하다는 생각에 이르자 씁쓸한 느낌이 든다.

윤밤의. 건우는 윤밤의가 괘씸했다. 맞아, 비서가 남긴 메시지에 연락처가 있지. 건우는 스마트폰을 들고 메시지를 확인하려다가, 홈 화면에서 AI 앱을 보았다. 심호흡을 하고, 앱을 누른다.

"레비야……"

"네, 무엇을 도와드릴까요?"

건우는 자초지종을 간략히 설명한 후 자기가 지금 윤밤의에게 전화해도 좋을지 묻는다. 레비는 뜸을 들인 후 대답한다.

"세상에는 빠르면 빠를수록 좋은 일과 느리면 느릴수록 좋은 일이 있는데, 이것은 후자로 보입니다. 만나서 다른 이야기를 하다가 자연스럽게 경위를 물어보는 것이 긍정적인 결과로 이어진 사례가 훨씬 많습니다."

건우는 레비가 오늘따라 기특하다고, 언젠가는 저 녀석이 주인이 되고 자신이 앱이 되는 날이 올 거라고 생각하며, 월요일까지만 참자고 결심했다. 건우는 책장을 빠르게 넘기면서 나머지 다른 단편들에도 자기와 관련된 것이 또 있는지 살펴보고, 책을 소파 앞의 탁자에 던졌다. 책은 탁자 끝에 아슬아슬하게 걸리더니 바닥으로 툭 떨어졌다. 안 될 때는 사소한 일도 안 된다. 건우는 한숨을 쉬고, 책을 주워 탁자 위에 올려놓는다. 신경을 쓴 탓인지 목이 타서, 냉장고에서 생수를 꺼내 들이켰다.

건우는 구치소 주차장에 차를 세우고, 정문을 향해 걸었다. 구치소 주변 도로는 깨끗하게 정돈되어 있었고, 지난주에 이어 여전히 화창한 날씨는 잎을 잃어가는 가로수들을 돋보이게 했다. 담장 안에 갇힌 사람들이야 답답하기 그지없겠지만, 바깥의 고즈넉한 세상은 가만히 걷노라면 은은한 행복감을 자아내기도 했다. 신분증과 스마트폰을 맡긴 후 구치소 뜰로 들어가고, 다시 구치소 건물로 들어갔다. 접견 신청서를 직원에게 제출하고, 그가 지정해준 접견실에 앉는다. 투명한 칸막이로 구획된 열 개 남짓한 접견실은 대부분 비어 있었다. 건우의 맞은편 접견실에서는 중국인 수용자가 통역인을 통해 변호사와 이야기를 나누고 있었다. 언뜻 보기에도 삼합회 멤버 같아 보이는 수용자는 연신 씩씩거리며, 애꿎은 여성 통역인에게 화풀이한다. 건우의 피고인이 주위를 두리번거리며 접견실로 들어와 자리에 앉았다.

"날씨 좋네요."

넉살 좋은 피고인이 먼저 건우에게 말을 붙인다. 건우는 이렇게 마음을 편히 먹고 지내는 피고인이 고맙다.

"힘드시죠?"

"아뇨, 며칠은 그랬는데, 요즘은 편안합니다."

건우는 바로 본론으로 들어간다.

"혹시 지난번에 신청된 증인 이현식을 아시나요?"

"제가 알 일이 없지요."

"수사기관에서도 전혀 들은 적이 없나요?"

"네."

"이전에 출석한 증인들 말고, 사건 당시에 그 자리에 있던 사람이 또 있나요?"

"제 기억에는 없는데…… 모르겠습니다. 저도 느닷없이 한 대 맞고 나서는 너무 경황이 없어서. 무슨 꿍꿍이가 있는 걸까요?"

건우는 현장에 없던 사람이 거짓 증언을 하기는 쉽지 않다며, 피고인의 불안한 상상력을 가라앉힌다.

"아무튼 그 증인에 대해 아시는 게 없으니, 제가 알아서 신문하도록 하겠습니다."

건우는 더 궁금한 것이 있느냐고 묻고 자리에서 일어

난다. 피고인은 건우에게 잘 부탁한다는 의례적인 말을 하고 따라 일어선다. 건우가 헤어지면서 피고인의 어깨를 가만히 두드리자, 피고인은 고개를 재빠르게 숙이고 나서 자신을 기다리는 교도관에게로 돌아간다.

건우가 사무실로 들어와 컴퓨터를 켠다. 홍 변호사로부터 윤밤의에 관한 메시지가 도착해 있다. '들어오시는 대로 전화해주세요.' 통화해보니, 준거법을 한국법으로 하고, 재판 대신에 중재로 분쟁을 처리하는 조항을 제시하는 게 좋겠다는 의견이었다. 홍 변호사는 중재지를 제3국으로 하는 것이 공평할 테고, 지리적으로 보았을 때 싱가포르를 제안하면 태국 출판사가 반대할 명분이 없을 거라고 조언했다. 건우는 감사하다는 말과 함께 며칠 후 점심을 같이하자며 전화를 끊었다. 그사이에 윤밤의가 회의실에 도착했다는 비서의 메시지를 받았다. 건우는 아이패드를 들고 회의실로 갔다. 회의실로 가는 복도에서 건우는 소설에 대해 어떻게 말을 꺼내면 좋을까 고민했다.

윤밤의는 상아색 스웨터를 입고 왔다. 미용실을 다녀왔는지 머리칼이 말쑥해 보였다. 건우는 인사말을 건네고, 준거법과 중재 조항에 대한 의견을 주었다. 윤밤의는 수긍이 간다는 듯 고분고분 이야기를 듣는다. 건우는 회의한 내용을 정리해서 메일로 보내주고, 계약서 초안에 태국 출판사 측에게 제안할 내용을 영문으로 메모해서 드리겠다고 한다. 법률적인 이야기를 마치고 윤밤의가 일어설 때, 건우가 주저하며 말을 꺼낸다.

"한 가지 드릴 말씀이 있습니다."

윤밤의는 의자에 다시 앉아 건우의 얼굴을 바라보았다. 제대로 눈이 마주치자, 건우는 눈을 피하면서 아이패드로 인터넷 서점에 접속했다. 윤밤의로 검색한 후, 문제의 소설집을 화면에 띄운다. 건우는 아이패드를 돌려서 윤밤의가 볼 수 있게 했다. 윤밤의가 '왜요?'라는 표정을 짓는다. 건우는 감정을 가라앉히며, 가능한 한 낮은 목소리로 말한다.

"저를 아시나 봐요? 그것도 아주 잘."

윤밤의가 이번에는 '소설을 읽으셨군요'라는 표정을 짓는다.

"설명을 듣고 싶습니다만……「기억의 알리바이」라는 단편에 대해서요."

윤밤의는 말없이 건우 쪽을 쳐다본다. 건우도 윤밤의

의 눈을 또렷이 보는데, 가만히 보아하니 윤밤의는 일부러 건우의 어깨 너머 창밖을 보고 있다. 저렇게까지 파랄 까닭이 있을까 싶은 가을 하늘이 그곳에 있을 것이다. 건우는 윤밤의의 눈동자에 가을 하늘이 비치는지를 확인하려는 것처럼 그의 눈동자를 살핀다.

"저를 전에 만난 적이 있나요?"

"아뇨."

"필명이라고는 하셨지만, 저도 밤의라는 이름을 가진 사람을 만난 기억이 없습니다."

"본명은 미연이에요."

건우는 속으로 미연이라고 발음해본다. 그 여자의 이름이 미연이었는지 아니었는지 기억할 수가 없다.

"그럼, 어떻게?"

"저희 언니에게서 이야기를 들었어요."

"언니 이름은?"

"윤지현입니다. 기억하시나요? 올해처럼 호랑이해였다고."

미연, 지현, 심지어 전처, 아니 전 여자 친구 아니, 오스트리아의 수연조차 모조리 흔한 이름이다.

"아뇨. 솔직히 얼굴도, 이름도 기억 못 합니다. 소설에 쓰신 것처럼 12년 전 딱 두 번 만났고, 이후 전혀 소식을 모릅니다. 찾아올 때에도 언니와 상의하셨나요?"

"한 변호사님 이야기는 몇 년 전 소설을 쓸 때 들은 게 전부고, 이번에는 제가 알아서 찾아왔습니다. 언니는 재작년에 교통사고로 세상을 떠났습니다. 남편과 함께."

건우는 갑작스런 전개에 숨이 확 막혀온다. 위로의 말을 건네고는 할 말을 잃었다. 더 이상 어떻게 대화를 끌고 가야 할지 막막했다. 침묵이 한참 이어지자, 윤밤의가 말을 잇는다.

"언니에게 초등학교 5학년짜리 아들이 있는데, 어머니께서 부산에서 키우고 계세요."

건우는 다시 의례적인 말을 하고는 또 말을 잃어버린다. 자신과 잠시나마 스쳐 간 사람이 세상을 떠났다는 말에 전의를 상실한 걸까. 건우는 다급한 허기를 느낀다. 그러고 보니 서둘러 구치소로 가느라 점심을 걸렀다. 건우가 묻는다.

"저녁 약속이 있으신가요?"

"있는데, 사람이 많이 모이는 자리라서, 안 가도 돼요."

"그럼 10분만 여기서 기다려주시면, 다시 이리로 오겠습니다. 같이 나가시지요. 이탈리아 식당 괜찮으신가요?"

두 사람은 해산물파스타와 시저샐러드를 나누어 먹으면서 계속 의례적인 대화만 나누었다. 소설과 언니를 둘러싼 이야기를 나누기에는 아직 날이 밝았다. 와인을 드시겠냐는 건우의 제안을 윤밤의가 거절한 이후로는 더더욱 건조한 이야기만 나누었다. 식당을 나온 건우는 택시에 오르는 윤밤의를 배웅하며 다시 사무실로 돌아가 차를 가지고 퇴근하려고 생각했다. 그때 택시 창문이 스르르 내려가더니 윤밤의가 묻는다.

"우드스탁에 안 가볼래요?"

그 여자와 술을 마셨던 곳. 물론 윤밤의의 소설도 그 장소를 빼놓지 않았다. 마지막으로 가본 지 5년도 넘었다. 건우는 이상한 정열에 휩싸여 윤밤의와 함께 택시를 탔다.

택시 기사는 네비게이션을 따라 고깃집이 즐비한 골목길로 들어간 다음 우드스탁 바로 앞에 내려주었다. 우드스탁 앞에서는 두 남녀가 깔깔거리며 전자담배를 피우고 있었다. 아직 이른 시간이라 그런지 술집 안에는 사람이 많지 않았다. 서너 테이블에만 사람들이 앉아서 예외 없이 맥주를 병째로 마시고 있었다. 두 사람은 웅장하게 울려 퍼지는 비틀스의 「오블라디 오블라다Ob-La-Di, Ob-La-Da」를 들으며 가장 안쪽 자리에 앉았다. 건우가 벽에 등을 기대어 앉고, 맞은편에 윤밤의가 앉았다. 두 사람이 앉은 테이블 근처에는 여행객처럼 보이는 외국인 세 사람이 흥겹게 음악을 따라 부르고 있었다. 그 중 한 명은 리바이스levi's 상표가 선명하게 인쇄된 티셔츠를 입고 있었다. 건우는 자기도 모르게 피식하고 웃는다. 외국인들은 고출력 스피커로 록 음악을 제대로 틀어준다는 정보를 듣고 찾아왔을 것이다. 수십 년간 자리를 지켜온 주인은 빽빽이 꽂힌 LP판들을 배경으로 턱을 괴고 앉아 있었다. 놀랍게도 주인은 처음 술집을 열었을 때부터 자신의 상징이었던 덥수룩한 턱수염을 깎았다. 건우가 5년 전에 마지막으로 왔을 때만 해도 턱수염이 남아 있었건만. 건우는 모든 것을 풍화시키는 세월이 탐탁지 않아 입맛을 다셨다. 다행히 다른 인테리어에서는 세월이 응결된 것처럼 차이를 느낄 수 없었다. 두 사람은 기네스 두 병과 스낵을 시켰다. 윤밤의가 말한다.

"그때랑 같네요."

"네? 언제랑요?"

"12년 전 그때."

"언니 말고, 윤밤의 씨도 와보셨어요?"

"……아, 처음이에요."

건우는 여자의 말이 의심스러워진다.

"처음인데, 언니와 한 변호사님이 같이 다녀갔을 때나 지금이나 어쩐지 변하지 않았을 것 같다는 느낌."

윤밤의가 실언을 수습하는 듯한 느낌이 든다.

"오늘 처음 오셨는데, 소설에서는 어떻게 그렇게 구체적으로 분위기를 묘사할 수 있었나요?"

평정을 되찾은 윤밤의가 픽 웃으며 대답한다.

"인터넷 뒤지면 온갖 이미지와 설명이 다 나와요. 요즘 작가들이 취재하기가 너무 쉬워졌어요."

건우는 그래도 의심스럽다. 이 여자는 내가 만났던 여자의 동생이 맞을까, 아니면 바로 그 여자일까. 건우는 따져 물을까 하다가 신경이 쇠약한 사람처럼 보일까 하여 자제한다. 강렬한 음악이 이 공간을 채우듯이, 윤밤의를 둘러싼 의문이 건우의 핏줄을 채운다. 건우는 이제 아이가 초등학교 5학년이라는 것도 마음에 걸린다.

"윤지현 씨의 아이는 혹시 토끼띠인가요?"

"네."

건우가 윤지현을 만난 것은 12년 전 호랑이해고, 아이는 그다음 해인 토끼해에 태어났다. 조카의 띠까지 기억하는 건 흔한 일이 아닌데, 어쩌면 윤지현인 윤밤의, 본명이 윤미연이라는 이 여자는 주저 없이 "네"라고 대답했다. 건우는 자신이 초라하게 느껴진다. 이건 편집증이야,라고 자신을 힐난하며 그 이상의 상상을 잘라낸다. 두 사람은 많은 이야기를 나누지 못한다. 건우가 언니에 관한 이야기를 몇 번 시도했으나, 윤밤의는 소극적으로 대답하면서 다른 곳으로 주제를 돌렸다. 서로를 알아가는 이야기를 주고받기에는 이 만남이 갑작스럽고 어색했다. 건우는 '눈앞의 여자가 그 여자일까, 아니면 정말 동생일까'라는 물음에 사로잡혀, 대화를 편안하고 유려하게 끌고 갈 수가 없었다. 건우는 '여기에 괜히 왔나' 하는 생각까지 했다. 그러고 보니 일회적인 의뢰인과 별다른 용건도 없이 따로 자리를 가진 것은 거의 처음이었다. 왜 여기에 왔을까. 윤밤의에게 끌린 걸까. 소설을 잘 쓰기는 했다. 건우는 마음 편히 술이나 마시자는 생각에 기네스를 빨리 비우고 다시 한 병을 주문한다. 쓸데없는 상상을 버리자. 이 여자는 내가 12년 전에 잠깐 만났고, 두번째 만남에서 같이 밤을 보낸 여자의 동생일 뿐이다. 아이를 외로운 세상에 남기고 저세상으로 떠난 어느 불운한 여자를 언니로 둔 소설가일 뿐이다. 건우가 윤밤의에게 소설이 외국에서 출판되는 것은 흔한 일은 아니지 않느냐고 묻자, 윤밤의는 한류 덕이라고 말하며 건조하게 덧붙인다.

"인터넷에 함께 웹소설을 쓰는 문인들 커뮤니티가 있어요. 그 커뮤니티에서 같이 활동하는 선배 소설가 한 분이 태국에서 책을 낸 적이 있는데, 그분이 태국 출판사에 추천한 것이 도움이 됐어요."

자랑 삼아 자세히 말할 법도 한데, 겸연쩍어서인지 길게 말하기 싫어하는 눈치였다. 대답을 마친 윤밤의는 어깨를 가볍게 흔들며 일어난다. 수염을 잃은 주인에게로 다가가더니, 음악을 신청하고 돌아왔다.

"어떤 음악?"

"들어보세요."

기네스를 몇 번 들이켜자, 해리 벨라폰테의 노래가 흐르기 시작한다. 윤밤의가 건우를 보고 슬쩍 미소를 짓는데, 건우는 혀가 굳어지는 느낌을 받는다. 자신이 각별히 좋아하는 곡이었고, 윤밤의가 소설에서 남자가 신청했다고 묘사한 곡이었다. 사실이었을 것이다. 이 여자는 나를 가지고 놀고 싶어한다. 건우는 다시 돌이켜본다. 자신이 12년 전, 크게 실수했거나, 원한을 살 일이 있었는지 따져본다. 둘이 어떻게 같이 밤을 보내게 되었는지, 그리고 어떻게 다시 만나지 않게 되었는지는 여전히 흐릿했다. 건우는 생각을 멈춘다. 허탈하고 답답한 심정으로 벨라폰테의 노래를 음미한다. 윤밤의에게 솔직히 말해달라고 호소하려다가, 더 기세가 오를까 하여 포기한다. 재미를 잃어버린 건우는 기네스를 비우고 말한다.

"오늘은 이만 일어설까요?"

윤밤의는 너무 이르다는 듯한 표정을 살짝 보이더니, 말없이 가방을 챙겼다(흉기 따위가 있기에는 너무 귀여운 가방이었다). 마음을 잘 접는 사람이다. 큰길에서 각자 택시를 타며 헤어질 때 윤밤의는 짧게 한마디를 했다. 앞으로 밤의라고 불러주세요. 겨우 기네스를 나누어 마셨다고? 건우는 집으로 가는 길에 그 말을 곱씹으며 생각했다. 또 만날 일이 있을까.

그 주는 별다른 일 없이 평범하게 흘러갔다. 법정에 다녀오고, 변론서를 세 개 썼으며, 회의를 자주 했다. 코로나는 점차 잦아들었지만, 우크라이나 전쟁은 끝날 기미가 없었다. 금요일 해가 저물 무렵 건우는 미리 약속을 잡아두지 못한 자신을 자책하며 오피스텔로 돌아왔다. 할 일도 없던 차에 천천히 저녁을 차려 먹고 소파에 앉았다. 넷플릭스에 들어가 이 드라마 저 드라마를 조금씩 보다가 리모컨을 내려놓았다. 거실 창가에 서서 맞은편 건물을 바라본다. 끊임없이 증식하는 도시의 불빛이 새삼스럽게 김광균의 시 「와사등」을 떠올리게 했다. 읽다 보면 마음에 사무치는 것이 있어서 대학 시절 어렵게 암송했던 시다. 이제는 드문드문 몇 구절이 생각날 뿐이다. '찬란한 야경, 무성한 잡초인 양 헝클어진 채……' 건우는 그 구절을 떠올려본다. 책상으로 다가가서 아이맥을 켜고, AI 앱을 더블클릭한다.

"조용한 피아노 음악 틀어줘."

"아무거나 괜찮나요?"

"응."

레비는 건우가 자주 듣는, 아르보 패르트의 「거울 속의 거울Spiegel im Spiegel」을 틀어준다. 건우는 미니멀한 피아노와 현악기의 음색을 들으며, 계속 이렇게 살 수는 없다고 생각한다. 몰두할 수 있는 무언가를 찾거나, 분별없는 데이트라도 해야 할까. 그 생각은 자연스럽게 윤밤의에게로 번졌다. 윤밤의에게 문자라도 해볼까 하는 뜻밖의 생각을 하다가 어리석은 짓이라고 느낀다. 건우는 아직도 윤밤의가 자신이 만났던 여자인지, 그 여자의 동생인지 확신하지 못한다는 것에 부아가 치민다. 자신의 이야기로 소설을 쓴 윤밤의가 얄밉다는 생각을 하다가, 새로운 의구심이 고개를 들었다. 건우는 레비를 시켜 윤밤의가 활동할 만한 웹소설 사이트를 검색하게 했다. 규모가 크고 상업적인 웹소설 사이트가 몇 개 있는데, 보다 문학적인 웹소설 사이트는 찾기 어려웠다. 다양한 검색 방법을 시도하던 레비는 마침내 윤밤의가 활동하는 사이트를 찾는다. 10여 명의 소설가와 시인이 각자의 디렉토리를 만들어서 시와 소설을 선보이는 사이트였다. 많은 사람이 웅성대지는 않았지만, 여기서 활동하는 문인들의 팬과 문학 지망생이 제법 왕래하는 사이트였다. 그중 한 명의 소설가는 건우도 이름을 들어본 적 있었고, 그가 사이트의 기둥으로 보였다. 윤밤의가 요사이 연재하는 소설의 제목은 "먼저 상상하고, 나중에 움직이다"였다. 건우는 자기도 모르게 긴장하며 읽기 시작했다. 연재를 시작한 지는 얼마 되지 않았다. 소설을 읽던 건우는 '이러다가 뇌경색이 오는구나' 싶을 정도로 화가 치밀어 올랐다. 윤밤의가 건우를 찾아온 날로부터 우드스탁에 갔던 날까지의 이야기가 고스란히 올라와 있었다. 이름이나 장소 그리고 구체적인 정황은 달랐지만, 건우만큼은 그것이 자신과 윤밤의의 이야기라는 것을 분명히 알 수 있었다. 자기도 모르게 탄식하고, 업로드된 4회분의 소설을 모두 읽는다. 건우는 문득 윤밤의와 자신이 등장하는 부분이 업로드된 날짜가 실제로 만난 날들의 전날이라는 것을 깨닫는다. 이게 무슨 의미일까? 건우는 찬찬히 생각한 끝에 파악한다. 저 음흉한 소설가는 벌어질 일을 미리 예측해서 소설을 쓰고, 그다음 회에는 실제로 일어난 일을 반영하면서 다시 예측한다는 것을. 나름의 문학적 실험이라도 하는 것일까. 건우가 레비에게 물으니, 현실과 허구가 얽힌 소설이나 영화가 겁나게 많다고 한다(어쩐 일인지 여기서 레비는 표준적인 용법에서 벗어나 '겁나게'라는 부사를 썼다. 레비마저 건우를 놀리기 시작하는 걸까). 영화로는 「스트레인저 댄 픽션Stranger Than Fiction」「연애 빠진 로맨스」 소설로는 우나무노의 『안개』 등등이 있다고 한다. 레비는 구체적인 내러티브 전략은 작품마다 다른데, 윤밤의가 사용한 방법에 관한 추가적인 정보는 찾지 못했다고 말한다.

건우는 온라인에 올라와 있는 윤밤의의 프로필 사진을 유심히 본다. 이목구비가 선명하면서도 따뜻하다. 건우의 취향이기는 하다. 비로소 호랑이해에 만난 얼굴 같다는 깊은 인상을 받았지만, 확신할 수 없었다. 어쩌면 지금 벌어지는 일들이 과거의 기억을 재구성하고 있을지도 모른다. 윤밤의는 제주도 애월의 펜션으로 오늘 아침에 떠났다. 그렇게 써놓았으니, 그리했을 것이다. 제주도로 귀향한 친구의 펜션에 머리도 식히고 글도 쓸 겸이라…… 내 속을 뒤집을 생각은 아니었고? 건우는 전투의지에 불탄다. 레비에게 내일 아침 일찍 제주도로 가는 비행기표를 예매해달라고 한다. 이번에는 레비도 말리지 않았지만, 해 질 녘에 도착하는 표만 남아 있었다.

마음이 어수선한 건우는 다음 날 동이 트기 전에 잠에서 깨자, 더 빨리 떠날 수 있는 표를 알아보았다. 밤사이에 여행을 취소한 사람이 있었는지, 점심 무렵에 떠날 수 있는 저가 항공사 표를 찾을 수 있었다.

배낭을 메고 김포공항에 도착한 건우는 베이컨과 으깨진 계란이 든 샌드위치로 점심을 때웠다. 탑승 안내가 시작되자마자 줄을 선 건우는 비행기 가장 뒤쪽 자리에 앉았다. 깜박 조는 사이에 벌써 육지를 벗어난 비행기는 윗부분이 하얗게 빛나는 구름을 내리 뚫고 제주공항에 접근한다. 건우는 나이트클럽의 미러볼처럼 반짝이는 바다와 평소와 달리 시원스레 자태를 드러낸 한라산 정상을 본다. 쾌적한 날씨 속에 비행한 조종사도 컨디션이 좋았는지, 비행기는 바퀴가 활주로에 닿는 것을 느끼지 못할 정도로 사뿐히 내려앉았다. 소설가를 매섭게 신문할 생각으로 나선 길이었지만, 어쩔 수 없이 여행은 여행이다. 마음이 풀어지고, 눈매가 부드러워진다.

건우는 공항을 나와 바로 택시를 잡고 짧게 말한다.

"애월이요."

정확히 애월 어디쯤이냐고 물을 법도 한데, 택시 기사는 말없이 가속기를 밟는다. 건우는 시원한 바람을 뺨에 맞고 싶어 차창을 한 뼘 내린다. 택시 기사도 자기가 듣고 있던 1980년대 댄스음악의 볼륨을 은근슬쩍 높인다. 건우의 귀에도 익숙하지만 제목은 기억나지 않는다. 기사의 오른쪽에 놓인 스마트폰에는 보랏빛 원피스 차림에 검은 마스크를 낀 젊은 여성이 음악에 맞추어 신나게 춤을 추고 있었다. 인플루언서의 유튜브를 틀어놓은 걸까? 기사에게 물어보면 말이 길어질까 봐 잠자코 음악을 듣는다. 그런데 볼륨이 너무 큰 거 아닌가? 건우는 흥겹다는 느낌과 승객에게 묻지도 않고 이렇게 볼륨을 키워도 되나 하는 소소한 불만 사이에서 방황한다. 건우는 에라, 모르겠다는 마음으로 한마디를 던진다.

"애월에 가기 전에 잠깐 가볼 만한 곳이 있을까요?"

운전기사는 박자에 맞추어 어깨를 보일락 말락 들썩거리다가 볼륨을 낮춘다. 건우가 덧붙인다.

"관광지 말고 제주 사람들이 숨겨놓은 명소 같은 데면 더 좋고요."

"글쎄요."

기사가 뜸을 들이자 건우가 기다리지 않고 다시 말을 꺼낸다.

"너무 고생하지 않고 올라갈 만한 낮은 오름 같은 것도 좋은데."

"제가 어릴 때 살던 마을 근처에 볼만한 오름이 있기는 한데……"

"어디죠?"

"백약이오름이라고 있습니다. 약초가 많이 나서 이름이 그렇다고 들었어요."

"여기서 얼마나 걸리죠?"

기사가 택시를 부드럽게 길섶에 세우며 대답한다.

"한 시간쯤 걸립니다. 그런데, 방향이 반대라서……"

"경치 좋아요?"

"아우, 죽이죠."

"미터기에 나오는 대로 요금 드리면 될까요?"

"그럼요."

"오름에 올라갔다 내려오는 동안 기다려주실 수 있나요?"

"아래에서 미터기 끄고 기다리겠습니다. 거기서 택시 잡기 힘듭니다."

협상을 끝낸 기사는 택시를 뒤로 돌려 다시 달리기 시작한다. 반복 재생으로 편집되어 있는 듯한 댄스음악의 볼륨도 높아진다. 택시가 백약이오름 밑에 도착할 때까지 한 번도 끊어지지 않고 계속된다.

"같이 올라가실래요?"

"아뇨, 저는 지겹게 올라가 봤습니다. 여기서 낮잠 좀

자고 있겠습니다. 아침부터 지금까지 계속 달렸더니 노곤하네요. 올라가서 구경 좀 하고 내려오시면, 한 시간 반 정도 걸릴 겁니다. 혹시 모르니까 번호 하나 주시죠."

건우가 휴대폰 번호를 알려주자, 기사가 바로 자기 휴대폰에 입력해서 전화를 건다. 건우는 걸려 오는 전화를 바로 받았다가 끊은 후, 기사에게 씩 웃어 보이고 오름을 오른다. 서둘러 올랐더니 정상까지 오르는 데는 30분이 채 걸리지 않았다.

귀에서 윙윙 소리가 날 정도로 거센 바람을 맞으며 오름의 정상에 선 건우는 낯선 풍경을 마주한다. 서쪽으로는 눈처럼 하얀 높쌘구름 아래 한라산 꼭대기가 뚜렷이 보였고, 동쪽으로는 멀리 제주 바다가 펼쳐져 있다. 백약이오름 주변에는 크고 작은 오름들이 여기저기 듬성듬성 솟구쳐 올라 고유한 풍광을 뽐냈다. 건우는 한라산이 폭발하고, 제주 전역에서 수백 개의 기생화산이 불과 마그마를 뿜어내는 장면을 상상해본다. 가벼운 현기증이 느껴진다. 건우는 몇 번이고 동서남북을 두리번거렸다. 경치를 두 눈에 온전히 담으려 깊은숨을 들이마셨다.

건우의 밤의를 향한 적대감인지 관심인지 모를 애매한 분노가 희미해진다. 자신이 왜 서둘러 제주에 왔는지

조차 잊을 지경이다. 오름의 날카로운 경사면을 따라 거닐다 보니, 마치 속세에서 마음이 떠난 한객이 된 기분이다. 건우는 바다 너머 저 분주한 세상을 아예 잊고 싶다. 난마처럼 얽힌 소송들, 무례한 의뢰인, 무표정한 판사 그리고 자기만 옳다고 믿는 검사를 잊고 싶다. 아니, 판사와 검사 들도 이 오름에 들어서면, 법의 미로를 빠져나가려 머리를 굴리는 피고인, 정의를 핑계로 돈 벌 궁리만 하는 로펌 그리고 의뢰인을 위해 온갖 거짓말을 그럴싸하게 늘어놓는 변호사를 잊고 싶을 것이다.

건우는 오름 정상 부근의 목초지에 큰대자로 누웠다. 몇 분 후 한기를 느끼자 몸을 일으킨다. 다시 한번 사방을 둘러보고 터덜터덜 오름을 내려온다. 분주한 뭍의 세상을 진저리를 치며 돌이켜 본다. 언젠가 나도 제주로 귀촌할 수 있을까? 갈팡질팡하다가 인생이 다 흘러가버리는 걸까? 제주로 내려왔다가 몇 달 지나지 않아 번잡한 도시의 불빛을 그리워하게 될까? 꼬리에 꼬리를 무는 생각을 식히려는 듯 청량한 바람이 건우의 볼을 스칠 때 먼발치에 택시 기사가 보인다. 기사는 등을 차에 기댄 채 거의 수직으로 하늘을 향해 담배 연기를 내뿜고 있었다. 이제 음흉한 소설가를 만나러 갈 시간이다.

웹소설에 워낙 구체적으로 묘사했기에, 펜션을 찾기는 어렵지 않았다. 데어 슈피겔Der Spiegel이라는 커피숍에서 해안을 따라 스무 발자국 남짓 걷다 보면, 단아한 외관의 3층 건물이 보인다,라고 소설가는 썼다. 겉으로 보기에는 공들여 설계한 누군가의 세컨드하우스처럼 보인다. 주의하지 않으면 보이지 않는, 금속 소재의 작은 간판이 건물 입구에 붙어 있다. 밤의(이제 성을 떼고 부르련다. 자기가 먼저 그렇게 불러달라고 하지 않았는가)의 소설에 따르면, 3층의 제법 널찍한 방을 닷새간 빌렸다. 건우는 여기에 왔다는 것을 밤의에게 어떻게 알려야 할지 고심했다. 이유를 뭐라고 설명할 것인가. 이 펜션에 있기는 한 걸까. 자칫 스토커처럼 보일까 두렵기도 했다. 건우는 사실 그대로 말하는 게 정답이라고 결론짓는다. 배낭을 멘 건우는 밤의에게 장문의 메시지를 보내면서, 데어 슈피겔에서 기다리겠노라고 마무리했다. 건우가 펜션 앞에서 메시지를 보내고, 커피숍에 도착하기도 전에 밤의에게서 전화가 온다. 펜션 1층 식당에서 만날까요? 너무 쉽게 만나게 되자, 건우는 오히려 허탈한 느낌이 들었다.

펜션 1층의 식당에서 보이는 바다는 잔잔했다. 요사이 시력이 약해진 탓인지 건우의 눈에는 먼 거리도 아닌데 물결이 일렁이는 것이 보이지 않았다. 건우가 어제 들은 아르보 패르트의 음악을 떠올리며, 만나려던 커피숍의 이름(슈피겔은 독일어로 '거울'이라는 뜻이다)이 참 공교롭다고 생각할 때 발소리가 들렸다. 밤의다. 아니, 미연이다. 아니, 지현이다. 아니, 밤의다. 아니, 이제 믿을 수 있는 게 없다.

건우는 마음을 가라앉히고, 안부를 먼저 묻는다. 밤의가 여기까지 오게 해서 미안하다고 말하는데, 생글생글 웃는 표정은 기뻐 보인다. 무슨 복화술이라도 하는 것 같다. 건우는 이게 미안한 사람의 표정인가요,라고 따져 물으려다가 자신이 정말 화가 나 있는지 반문해본다. 뜻밖의 작은 모험을 하는 느낌이라 재미있기도 했다. 또는 밤의에게 놀아나고 있다는 어리둥절함도 싫지만은 않았다. 건우는 애써 무거운 분위기를 꾸미며 묻는다.

"장난이 지나치지 않나요?"

"장난은 아닙니다."

"그럼 뭘까요?"

"미리 말씀 못 드린 건 죄송해요. 그렇게 하면, 제가 의도한 소설이 씌어질 수가 없어서……"

의도라고? 그래, 소설가의 의도가 무엇보다 중요하구나. 건우는 적의가 치밀어 오르는 것을 느끼며, '그래 바로 이 느낌이야'라고 마음속으로 외쳤다. 자신이 밤의를 찾아오게 한 밤의의 포스트모던한 글쓰기 전략에 자기도 모르게 감사하고 있는 것은 아닌가,라는 자괴심을 날려버린 작은 분노가 스스로 마음에 들었다.

"저를 가지고 노니까 재미있으신가 봐요."

밤의도 건우의 말투에 화가 났는지 도전적으로 묻는다.

"소송이라도 하고 싶으신 건가요? 마침 변호사잖아요."

"소송? 아, 그런 좋은 방법이 있군요."

건우는 속으로 법리를 따져본다. 명예훼손? 피해자가 특정이 안 된다. 자기만 자신이 소설 속 인물인지 알지, 아무도 모를 것이다. 게다가 사회적 평가를 떨어뜨리는 내용 자체가 없다. 판결이 머릿속에 울린다. 원고의 청구를 기각하고, 소송비용은 원고의 부담으로 한다. 사생활 침해? 내밀한 개인의 삶을 침해한 것 같기는 한데, 역시 피해자가 특정되지 않는다. 원고의 청구를 기각한다. 소송비용은 원고의 부담으로 한다. 건우가 생각에 잠겨 있자, 밤의가 찔러본다.

"연구 중이신가요? 레비에게 물어보시는 게 어떨까요?"

레비? 건우는 지난달 법률신문에 AI에 대해 기고하면서 그런 개인적인 정보를 제공한 걸 후회했다. 밤의는 웹소설에서는 레비의 이름을 바꾸어 '리바이'라고 불렀다. 건우가 무슨 말을 하려는 순간 밤의가 말을 이었다.

"속상하셨다면 미안합니다. 하지만 이 소설이 한 변호사님을 그리는지 아무도 모릅니다. 게다가 지금 조회수가 겨우 50도 안 됩니다."

"제가 여기서 연락을 끊으면 그 소설이 중단되거나, 제가 더 이상 안 나오나요?"

"그럴 수도 있고, 아닐 수도 있죠. 원하시는 대로 해드리기는 어렵습니다."

건우는 할 말을 잃는다. 밤의의 말이 틀린 것도 없다. 법률적으로도 문제가 없다. 그리고 자신은 이 바람 센 섬에 갑자기 날아왔다. 이 소동이 아니었으면, 지겨운 파스타를 해 먹고, 레비와 단란하지만 무미건조한 시간을 보내며, 기껏해야 편의점의 값싼 와인을 홀짝거리고 있었을 것이다. 건우가 묻는다.

"써놓으신 대로 여기 닷새 동안 묵으실 건가요?"

"네."

"그 안에는 제가 올 줄 알고 계셨죠?"

"이렇게 바로 오실 줄은 몰랐어요. 이제 겨우 짐을 풀었는데……"

건우는 더 이상 다투는 것을 포기한다. 상대하기가 버겁다. 두 사람은 봉골레파스타를 시킨다. 그래, 장소만 다를 뿐, 어차피 파스타를 먹게 된다. 건우는 술이라도 한잔 해야겠다고 생각한다. 식당에는 3만 원짜리 붉은 포도주 한 종류밖에 없었다. 두 사람은 그 와인을 두 병이나 마신다. 밤의도 곧잘 마셨지만, 건우가 한 병 반을 먹다시피 했다. 따지는 것을 그만두고, 덕분에 오랜만에 제주도에 왔다고 생각하니, 차라리 대화는 편안했다. 밤의는 작가답게 교양이 풍부했고, 건우는 밤의가 마음에 들기 시작한다. 그러다가 어느 순간 경계심이 일어나 발칙하다고 생각한다. 마음에 든다는 느낌과 발칙하다는 생각은 저기 애월 해변가에 가볍게 넘실거리는 파도처럼 오르락내리락했다. 밤의는 소설에 사로잡힌 인생의 보람과 회한을 말한다. 건우는 건조하고 무거운 변호사 생활의 애환과 그러다가 닳아 없어질 인생의 두려움을 토로한다. 그 이야기의 물결들이 서로 만나 더 높은 마루를 그렸다 더 깊은 골을 이루었다 할 때, 건우는 마음 속으로 속삭인다. 밤의는 지난 호랑이해에 만났던 그 여자다. 아니다. 경외하던 철학에서 아무것도 찾을 수 없다고 절망하던 시절에 만났던 여자는, 밤의의 말대로 밤의가 아니라 그의 언니다. 아니, 모르겠다. 세속에 투항하여 일용할 양식이 끊이지 않게 하는 게 가장 중요하다고 마음먹을 때, 괜찮다며 자학하지 말라고 보듬어준 여자가 누구이든 이제 와서 무슨 상관이랴. 건우는 그 여자를 만나면서 나누었을 꽤 많은 말 중에서 왜 그 한마디 위로만이 남았을까 생각해본다. 괜찮아요, 괜찮아요.

얼굴에 가벼운 홍조를 띤 밤의가 묻는다.

"계속 이 소설을 써도 될까요?"

건우는 자포자기하는 심정으로 고개를 끄덕인다. 힘주어 끄덕이면서 '당신이 정말 그때 만난 여자가 아니냐'고 묻지 않기로 결심한다. 적어도 제주도를 떠나기 전에는. 그런데 이 섬을 떠나고 나면 두 사람이 다시 만날 일이 있을까. 건우는 자신이 밤의를 좋아하는지 가늠해본다. 어쩌면 그럴지도. 동시에 음산한 비밀을 어딘가 감춘 듯한 밤의의 태도에 멈칫한다. 의구심과 두려움은

산정으로부터 눈에 보이지 않는 속도로 천천히 흐르는 빙하처럼 건우의 마음을 침식하다가 차가운 바다에 무너져 내린다.

건우는 저녁 내내 마음의 갈피를 잡지 못하고 방황한다. 밤의가 여전히 짧게 말하고 마는 자기 언니 이야기에 구체성이 떨어진다고 느끼면, 호랑이해에 만났던 여자가 밤의라고 단정짓는다. 그러나 바로 다음에 이어지는 이야기를 듣다가는, '밤의가 그 여자와 사랑하는 사이가 아니었을까' 하는 새롭고 괴상한 의문이 떠오른다. 건우는 밤의가 언니의 이름을 같은 성씨의 윤지현이라고 발음했던 것을 기억하며, 그건 대책 없는 상상이라고 지워버린다.

건우는 잔을 기울이다 말고, 어두워진 바다를 바라보는 밤의의 옆얼굴, 바다처럼 그늘이 짙어가는 실루엣을 바라본다. 그 여자다. 아니다. 아니, 모르겠다. 참, 그 5학년 아이는? 건우는 취기가 오르면서 차라리 그 아이가 자기 아이였으면 한다. 아마 더 취하면 그 말을 내뱉을지도 모른다. 아니다. 말로 할 게 있고, 아닌 게 있다. 건우는 취기가 세포로 번지는 것을 느끼며, 자신이 오늘이 펜션에서 밤의와 머무르게 될 것을 예감했다. 물론 그 이야기만은 소설에서 빼달라고 애원해야 한다.

건우는 일요일 아침 비행기로 도망치듯이 서울로 왔다. 다람쥐가 겨울잠을 자듯 몸을 둥글게 말고 밀린 잠을 잤다. 한 주가 시작되자 또다시 서울이라는 메트로폴리스의 거대한 쳇바퀴를 부지런히 밟았다. 오늘은 다시 금요일이다. 건우는 방청석에 앉아 앞서 진행되고 있는 다른 사건이 끝나기만을 기다리다가, '밤의의 웹소설이 또 업로드되지 않았을까' 궁금해진다. 앞선 사건은 거의 끝나가는 중이다. 재판을 마치고 웹소설을 확인할까 생각하다가, 호기심을 견디지 못하고 스마트폰을 꺼내 다급히 사이트에 들어간다. 밤의의 소설이 두 편이나 새로 올라와 있다. 급히 스크롤해 보니, 다행히 건우가 펜션에 들렀다가 차를 마시고 바로 서울로 떠난 것으로 그려져 있다. 얕은 바다 위를 평안하게 유영하는 듯도 했고, 앞서 헤엄쳐 가는 밤의를 쫓는 것도 같았던, 그날 밤의 몸짓들은 밤의의 꿈으로 각색되어 있었다. 건우는 바로 어제 업로드된 최신 회도 살펴본다. 첫 부분에서 밤의가 형상화된 여자 주인공은 건우가 형상화된 남자 주인공의 법정을 찾아간다. 건우는 화들짝 놀라서 방청석

뒤를 살펴본다. 밤의는 없다. 건우가 안도하는 순간 또각또각 소리와 함께 네이비블루색 코트가 법정으로 들어선다. 판사가 건우가 맡은 사건의 번호를 부른다. 건우는 천장을 멍하니 바라보다가 스마트폰을 비행기 모드로 바꾸고 변호인석으로 나아간다.

판사가 건우의 증인신문에 끼어들어 '지금 제정신이십니까?' 하는 눈빛으로 묻는다.

"지금 증인이 위증을 하고 있다는 주장을 넘어서, 법정에 나온 사람이 아예 이현식 증인을 사칭하고 있다는 취집니까?"

"네, 맞습니다."

듣고 있던 검사가 한쪽 입꼬리를 슬쩍 올려 경멸의 뜻을 표시한다. 판사는 눈을 동그랗게 뜬 증인을 유심히 살펴보다가, 건우에게 타이르듯이 말한다.

"저 뒤에 있는 직원이 신분증과 사진을 다 확인했습니다만…… 그리고 판사 생활 15년 동안 그런 일은 없었습니다."

"저 증인이 본인이라면 모를 수 없는 사정에 관해 횡설수설하는 것을 봐서 의심스럽다는 겁니다."

"원래 증언대에 서면 다 긴장하기 마련입니다만…… 좋습니다. 정 그렇다고 하시니 10분간 휴정하고 법정에 나온 증인이 이현식 본인인지 다시 한번 정확히 확인하겠습니다."

건우는 옆에 앉은 피고인에게 잠시 나갔다 오겠다고 말하고, 밤의와 함께 법정 밖으로 나왔다. 창밖으로 먹구름이 짙게 깔려 밤인 것처럼 어두웠다. 건우는 웹소설에 대해 따지려다가 어차피 되치기를 당할 것 같아 공손하게 말했다.

"오늘 오신다고 다 써놓으셨네요."

밤의는 그 말에 대꾸하지 않는다. 증인신문을 처음 보는데, 꽤 재미있다는 말을 건넨다. 두 사람은 10분이 지나자 다시 법정으로 들어갔다. 건우는 변호인석에 앉아서, 준비해 온 증인신문 사항을 다시 점검했다. 거의 20분이 지나서 판사가 들어온다. 노기를 띤 판사가 증인의 이름을 부르자, 법원 직원이 법대 앞으로 다가간다. 판사가 직원에게 말한다.

"아직도 안 돌아왔습니까?"

직원이 황당하다는 듯이 말한다.

"화장실에 다녀오겠다고 나가더니……"

판사가 검사에게 물어본다.

“어떻게 된 거죠?”

검사가 침통한 표정으로 말한다.

“전화기도 꺼져 있습니다.”

“정말 증인을 사칭한 거면……”

판사가 난감한 어조로 말하다가, 건우를 바라본다. 건우는 어깨를 으쓱해 보인다. 판사는 증인이 무슨 사정이 있어서 못 돌아오는 것인지, 아니면 변호인이 주장하는 것처럼 이현식을 사칭한 것인지 밝혀달라고, 검사에게 말한다.

“그리고, 만일 사칭한 것이라면, 위계에 의한 공무집행방해죄로 엄단해주시기 바랍니다.”

법정에서 나온 건우와 밤의는 먹구름이 비로 변해 떨어지고 있는 창밖을 바라보며 복도를 걷는다. 밤의가 도망친 증인에 관해 궁금한 것을 물어볼 듯도 한데, 아무 말이 없다. 자신도 실재와 허구를 휘젓는 사람이라서 대수롭지 않게 생각하는 것일까? 건우는 터벅터벅 걸으며 생각에 잠긴다. 가장 비현실적인 것이 현실이 되고 마는 세상에서, 실재와 허구 그리고 꿈을 애써 구별하는 게 무슨 소용일까? 밤의가 보여주듯이 이 세상을 살아간다는 게 몸으로 소설을 쓰는 일이다. 과연 우리는 삶을 자각몽과 구별할 수 있는 걸까? 건우가 이런저런 상념에 사로잡혔을 때, 나란히 걷는 두 사람 앞에 느닷없이 번개가 번쩍한다. 밤의는 재빠르게 두 손으로 귀를 가리고, 건우는 그런 밤의를 보면서 멈춰 선다. 1초나 지났을까? 저마다 잃어버린 진실을 찾아 헤매는 법원 건물 바로 앞에 벼락이 떨어졌나 싶을 정도로, 가깝고 커다란 천둥소리가 복도를 뒤흔든다. 장대비가 짓누르는 한낮의 서울이 마치 밤의 도시 같다.

"제 얘기가 괜찮은가요?"

으스대는 듯한 레비의 목소리가 재능은 있으나 아직 이름을 얻지 못한 소설가의 귓속을 파고든다. 건우는 배 위에 얹어놓은 스마트폰을 손에 쥐고 리클라이너에서 일어난다. 손가락으로 콧등을 문지르며 스마트폰 속의 레비에게 묻는다.

"기대와 약간 다르기는 한데, 흥미로웠어. 후속편을 바로 들려줄 수 있어?"

"밤이 늦었는데, 괜찮으시겠어요?"

"어차피 일찍 잠들기는 글렀어."

"바로 시작할까요? 아니면, 추가로 요청할 사항이 있으세요?"

건우는 머뭇거리다가 레비에게 주문한다.

"예전에 만난 사람이 밤의였던 것으로…… 아니, 밤의의 언니였던 것으로 들려줘."

"두 버전을 차례로 들려드릴까요?"

"그게 좋겠다. 우선 밤의였던 버전부터……"

"다른 요청은 없으신가요?"

"음…… 같은 시기를 다루면서, 밤의가 건우를 바라보는 관점에서 이야기를 풀어줘."

"좋습니다."

"참, 한 가지 더…… 이야기에 굳이 너를 등장시킨 이유가 뭐야?"

레비는 AI답지 않게 잠깐 뜸을 들인 후 대답한다. 아니면, 그것조차 계산된 것일까?

"저의 유머로 받아들여주세요. 이번에는 등장시키지 말까요?"

"그러면, 앞의 이야기와 일관성이 없어지잖아? 괜찮으니까, 계속 등장시켜. 우드스탁의 외국인에게 리바이스 티셔츠를 입힌 건 제법 재밌었어."

"고맙습니다. 그럼 후속편을 시작합니다."

밤의는 제주도에서 서울로 돌아온 후 가늠해본다. 건우는 정말 모르는 것일까. 자신이 지난 호랑이해에 만난 바로 그 여자라는 것을. 아니면, 알면서도 능청을 떨고 있는 것일까.

건우가 리클라이너에 털썩 주저앉으며 말한다.

"레비야, 그만! 이번에는 내가 써볼게. 어쩐지 네 문체나 이야기를 풀어가는 방식이 편하지가 않아."

레비가 아무 주저 없이 양보한다.

"그것도 좋은 생각입니다."

건우는 AI의 이런 특성이 얄밉다. 도무지 감정의 동요가 없고, 마음의 파도도 없다. 그러나 그들이 그런 것마저 인간처럼 행세하는 방법을 체득하면, 이 세상은 그들을 감당할 수 있을까.

건우가 문득 의문이 들어서 레비에게 묻는다.

"미연의 필명을 '밤의'로 하고, 이 소설의 제목을 '밤의, 소설가'로 한 것은 너 자신을 염두에 둔 거야? 내 말은…… 너 자신을 '밤의 소설가', 그러니까 배후에서 활약하는 소설가로 넌지시 암시한 거냐고?"

"저는 의도가 없습니다. 제게 주신 소설의 가이드라인을 제 알고리듬이 처리한 결과일 뿐인데, 그 이유를 굳이 물으신다면 달리 할 말이 없습니다."

레비의 태연한 대답을 듣던 건우는 수은이 끓듯 레비를 향한 적의가 끓어오르는 느낌을 받는다. 건우는 다짜고짜 AI 앱을 꺼버린다. 강제로 입을 닥치게 해도 후환이 두렵지 않은 관계가 그나마 다행스럽다. 그렇다고 기계에게 밀려서는 안된다는 부담을 느끼게 된 이 상황이 마뜩한 것은 아니다. 건우는 두 팔을 뻗어 스트레칭을 하고 나서, 키보드에 손가락을 올린다. 저 녀석은 단번에 써냈건만, 그럴듯하게 쓰려면 며칠이 걸릴까? 어쩌면 몇 주일지도 모른다. 건우는 당분간 레비를 다른 어떤 일을 위해서도 사용하지 않으면서, 할 수 있는 한 빠르게 써보기로 다짐한다. 다른 이야기를 나누려고 앱을 실행하더라도 소설 이야기를 피하지 못할까 두려웠기 때문이다.

건우, 변호사

밤의는 제주도에서 서울로 돌아온 후 이리저리 가늠해 본다. 한 변호사는 지난 호랑이해에 만난 여자가 자신이라는 것을 정말 모르는 것일까, 훤히 알면서도 능청을 떨고 있는 것일까. 아니, 능청을 떨 타입은 아니다. 12년 전에 스쳐 지나가듯 만났지만 그 정도는 알 수 있다. 밤의는 한건우를 만났던 시절을 되짚어본다.

미연이라는 본명을 쓰던 시절이다. 밤의라는 필명은 언젠가부터는 일상생활에서도 쓰고 있다. 친지들을 만나거나 오랜만에 동창들을 만날 때 또는 주민 센터에 가서 주민등록등본이라도 발급받을 때가 아니면, 이제는 미연이라는 이름을 쓸 일이 별로 없다. 광화문 광장을 가로지르던 밤의를 발견한 옛 친구가 어깨를 톡 건드리며 "어머, 미연아!"라고 불러서 소스라치게 놀란 적도 있다.

밤의, 아니 미연은 건우를 12년 전 두번째 만났던 날을 어제 넷플릭스에서 본 드라마처럼 또렷이 기억하고 있다. 한여름의 햇살 한 줄기에도 기다렸다는 듯이 맹렬한 불꽃처럼 타오르던 시간들, 막막하여 여기저기 두리번거리던 젊음들.

미연은 커다란 플라스틱 피처를 두 손으로 들어 건우의 유리잔에 생맥주를 따른다. 생맥주가 미연의 예상보다 빨리 쏟아지는 바람에 거품이 넘쳐, 세월의 더께로 반들반들한 탁자에 흘러내린다.

"죄송해요!"

"괜찮아요."

건우가 자기 손에도 묻은 거품을 천연덕스럽게 입술로 핥았다. 미연이 재빠르게 한 손을 들자, 마침 두 사람이 앉은 방향을 바라보던 여자 아르바이트생이 바로 냅킨을 들고 온다. 친절하고 꼼꼼하게 탁자를 닦은 아르바이트생이 눈이 겨우 보일 만큼 깊이 눌러쓴 야구 모자를 고쳐 쓰고 나서 다른 손님에게로 간다. 두 사람은 잔을 부딪친다. 미연은 어색한 순간을 모면하고 싶어 아무 말이나 꺼낸다.

“우드스탁에 자주 오시나 봐요?”

“몇 달에 한 번 정도 옵니다. 주머니 사정이 자주 올 형편은 안 됩니다. 여기 처음이라고 했죠?”

“네, 워낙 유명한 곳이라서 이름은 들어봤어요.”

평소에 남자들의 허세를 가소롭게 생각하는 미연은 자신의 형편이 넉넉하지 않다고 굳이 말하는 건우의 담백한 태도가 싫지 않다. 그때 음악이 바뀐다. 실황 음반에서 어떤 남자가 낭랑한 목소리로 청중들에게 말하고 있다.

“아까 주인에게 다가갔을 때 신청하신 곡인가 봐요. 무슨 곡이죠?”

“해리 벨라폰테의 「자메이카 페어웰Jamaica Farewell」.”

“벨라폰테? 이름은 들어봤어요.”

벨라폰테가 말을 마치고 노래를 시작한다. 건우는 들릴 듯 말 듯 노래를 따라 부르다가, 미연이 바라보자 이를 살짝 드러내며 웃는다. 미연은 건우가 웃을 때 두 볼에 살짝 팬 보조개를 눈여겨본다. 미연은 손님이 절반 정도 찬 가게를 둘러본다. 록 음악을 들을 때는 머리통이 날아갈 것처럼 헤드뱅잉을 하던 손님들이 서정적인 벨라폰테의 노래에는 시큰둥하다. 음악을 듣는 둥 마는 둥 너도나도 맥주를 들이켜고 있다. 주인이 음악을 틀어주는 바 위쪽에는 여러 나라의 지폐들이 천장에 매달려 하늘거렸다. 벽에 여기저기 붙어 있는 미국 자동차 번호판과 뮤지션의 사진은 록 음악을 틀어주는 곳치고는 단정하게 디스플레이되어 있었다.

미연은 노래를 음미하며, 3분의 1쯤 남은 잔을 모두 들이켰다. 아까 이자카야에서도 사케를 여러 잔 마셨는데, 오늘은 다른 날보다 술이 잘 들어간다. 미연은 건우의 얼굴을 훔쳐본다. 남자인데도 얼굴선이 미연보다 곱다. 건우는 미연이 쳐다보는 줄도 모르고 맥주를 자기 잔에 조심스럽게 따른다. 미연이 이자카야에서 나누다만 대화를 이어간다.

"대학원을 휴학해도 될 텐데, 왜 굳이 자퇴를 했어요?"

"미련이 남을까 해서요. 아뇨. 솔직히 미련도 없어요. 교수가 못 되면 생계가 막연할 것이 분명한데, 교수가 된다는 확신도 없이 그 길을 걸어갈 수는 없죠. 망해가는 대한민국 인문학을 제가 어떻게 할 수도 없고요. 유학 갈 처지도 못 되고, 어찌어찌 외국에서 학위를 받는다고 해서 앞길이 보장되는 것도 아니고요. 대학 때는 왜 그게 안 보였는지…… 그냥 철학이 좋았어요. 고등학생 때 철학에 대해 가졌던 환상이 대학에서 깨지지 않았어요. 적성에도 맞았고, 교수들한테 칭찬도 많이 받았어요. 그게 눈을 가린 거죠. 그런데, 대학원에 들어가서 한 학기만에 알아버렸어요. 아주 운이 좋지 않으면, 이 걸로는 생계가 해결되지 않는다는 걸. 공포가 밀려왔어요. 입만 열면 세상을 욕하고 자기혐오에 빠진, 아는 건 많지만 자기 영토라고는 동네 편의점 앞의 파라솔 하나밖에 없는 사십대 남자, 그런 남자가 눈에 그려졌죠. 그렇게 될 수는 없죠."

건우는 입술을 오므려 앞으로 내밀며, 생각만 해도 끔찍하다는 듯 고개를 가로저었다.

"철학과로 진학하는 것을 말리지 않은 부모님이 원망스럽지는 않아요?"

"뭘 말리는 분들이 아니에요. 강하게 권유하는 것도 없고. 책임지기 싫어서일 수도 있지만, 전 그게 편했어요. 아무튼 내가 기억하는 부모님은 늘 그랬어요."

"이제 어떻게 할 생각이에요?"

"작년부터 사법시험을 준비하고 있어요. 부모님한테 앞으로 4년간 집에서 밥만 먹여달라고 했어요. 그런데,

공부에 전념하라고 용돈까지 주시네요. 나중에 갚으라고 하시면서. 그리고 제 머리가 특별하지는 않아도, 책상에 앉아서 버티는 건 잘하는 편이에요. 한번 해보는 거죠. 솔직히 철학보다 어렵지는 않네요. 정답도 있고. 세상에나…… 법학에는 정답이 다 있더라고요."

"잘되기를 빌게요."

"고마워요. 그런데, 가끔 이게 뭔가 싶어요. 정말 철학을 사랑했는데, 그걸 평생의 업으로 할 수가 없다는 게……"

"철학 공부를 계속하는 건 아예 불가능한가요?"

"혼자 공부하는 건 자유죠. 그런데, 이런 시대에 철학으로 먹고살아갈 수 있는 압도적인 재능이 나한테는 없어요. 난 그 정도가 못 된다는 걸 뒤늦게 안 거죠."

"……"

"나를 힘들게 하는 건, 오히려 내 속물근성이죠. 먹고사는 게 어렵다고 좋아하던 공부를 배신한다는 게…… 그게 괴로워요. 내가 꽤 순수한 인간인 줄 알았는데, 그렇지 않네요. 내가 이렇게 어정쩡한 인간이라는 것에 자괴심이 들어요. 그럴 때 여기 와서 혼자 음악 들으면서 몇 잔 마셔요. 그럼 또 몇 주일을 견딜 수 있죠."

미연은 건우가 토로하는 심정을 속속들이 알 수 있었다. 글을 쓰는 사람으로 살겠다고 작정했지만 앞길을 두려워하는 사람으로서, 아직은 그 길을 부여잡고 있는 사람으로서. 미연은 따뜻하게 말했다.

"자책하지 마세요. 괜찮아요. 이렇게 이상한 세상에서 그 정도면 충분히 순도가 높은 사람이에요. 괜찮아요. 마음이 끌리는 대로 살아가세요."

미연은 건우를 위로하면서 그 말이 스스로를 위로하는 말이라는 것을 알았다. 괜찮아, 괜찮아. 무얼 해도 괜찮아. 나는 앞으로 몇 년을 더 버틸 수 있을까? 직장이라도 다니면서 글을 써야 하는 게 아닐까? 그런데, 직장을 다니면서 파김치가 된 채, 남는 시간에 좋은 글을 쓸 수 있을까? 모르겠다. 이 남자와 반대로, 나는 4년만 더 이 길에서 버텨보자. 그래, 버텨보자.

비록 반대 방향으로 걸어가고 있지만 비슷한 고민을 껴안고 있다는 것이 미연으로 하여금 그 밤을 건우와 보내게 만들었을 것이다. 가던 길을 버리고 다른 길로 걸어가는 남자와 그 길을 좀더 걸어가는 여자. 미연은 새벽빛이 창문에 희미하게 와 닿을 때 먼저 모텔을 빠져

나왔다. 밝은 빛 속에서 건우의 얼굴을 보는 것도 민망하고, 우중충한 색조의 가구를 배경으로 피로에 지친 자신의 낯빛을 보이기도 싫었다. 옆에 누운 건우는 이불을 쥐었다 놓았다 하며 뒤척이고 있었다. 자고 있는지, 눈을 감고 자는 척하며 생각에 빠져 있는지 알 수 없었다. 미연은 어젯밤의 몸짓이 남긴 감각의 부스러기를 털어내며 미처 어둠이 가시지 않은 거리를 걸었다. 그때 꽃향기가 느껴졌다. 꽃향기는 한 가닥 두 가닥 늘어나다가 마침내 새벽 거리를 가득 에워싼 채 공중을 떠돌고 있었다. 고개를 들어 사방을 살펴보니 주택가 이면도로에 줄지어 늘어선 라일락이 보였다. 미연은 서글퍼서 울고 싶다는 감정과 세상이 살 만하다는 생각 사이에서 휘청거리며 길을 걸었다. 괜찮아요, 무엇이든 괜찮아요. 우리 스스로 마음먹은 대로 살아가봐요.

그 무렵 드문드문 일기를 쓰던 미연은 건우의 기억을 남기고 싶었다. 키가 천장에 닿고 어깨가 벽에 닿을 듯한 원룸에 돌아온 미연은 뜻밖에 부드러웠던 건우의 손길을 기억하며 느릿느릿 일기를 쓰고, 하루가 시작되는 소음을 들으며 다시 잠을 청했다. 마지막으로 마음을 다

잡기 위해 다음 달에 여행을 떠난다는 건우는 그 이후 소식이 없었다. 미연은 먼저 연락을 해볼까 몇 번 망설였으나, 자존심이 허락하지 않았다. 시험공부하는 사람을 방해하고 싶지 않다는 생각이 없었던 것도 아니다. 꼭 연락을 하고 싶을 만큼 매료된 게 아니기도 했다.

자신이 가고 싶은 인생의 길에서 더 버티기로 한 미연은 은행 잔고가 바닥이 나면 부지런히 수소문하며 다양한 일을 했다. 친한 언니가 문을 연 커피숍의 주말 아르바이트나 집에서 먼 거리에 있는 마트의 계산원 일은 지겹도록 했고, 몇 달간 택배 일을 하기도 했다. 강아지 미용 같은 더 전문적인 기능을 배워볼까 생각하기도 했지만, 문학에서 자칫 멀어질까 두려워 포기했다. 어떻게든 잡문이라도 써서 돈을 벌고, 그것으로 부족하면 평범한 노동을 하면서 생활을 영위하는 게 마음도 편하고 미연의 기질에도 맞았다.

관념 속을 헤매는 것이 아니라 날 것 그대로의 노동을 하면서 느끼는 거친 감각은 좋은 점도 있었다. 노동의 고단함이 납처럼 무거웠지만, 옷도 벗기 싫은 피곤 속에 잠드는 무채색의 달콤함이 더러 좋기도 했다. 가장

힘든 것은 어떤 사람들이 자아내는 사악한 태도를 받아내는 것이다. 그것을 무심히 견디려 마음속으로 아등바등할 때 느끼는 씁쓸한 감정은 미연의 내면을 푸석푸석하게 만들었다. 수시로 교차하는 친절과 무례함 그리고 호의와 냉대는 문학이라는 무성한 숲을 걷고 있다는 미연의 자존감을 뒤흔들기도 했다. 딱히 성과가 없는 현실이 자주 예민하게 만드는 자존심에 생채기가 생겼다 아물었다 했다. 미연은 평범한 삶을 영위하는 우리 모두가 겪는 그런 과정을 기꺼이 감내했다. 그 과정에서 마음이 조약돌처럼 동글동글하게 다듬어지는 것을 감사하게 받아들였다.

미연은 하늘과 땅 사이에 아무도 알아주는 이 없이 문학의 길을 걷고 있지만, 그 길에서 스스로를 도야하는 것만으로도 문학은 내게 줄 것을 다 주고 있다고, 나는 충분히 보상을 받고 있다고, 스스로 논리를 벼리고 감정을 추스르곤 했다. 어느 순간 미연은 글이 조금씩 자아의 바깥으로 흘러넘치는 것을 느꼈다. 씌어진 글과 미연 자신이 단단히 밀착되어 서로 합동인 삼각형 같다고도 생각했다.

문학이 빚어낸 충만감이 가슴을 부풀게 하면, 미연은

자주 인왕산 자락을 찾았다. 청운동에 자리 잡은 문학도서관에서 책을 읽다가, 건물 옆 작은 연못에서 이리저리 몸을 비트는 잉어를 물끄러미 바라보곤 했다. 내 처지가 너보다 나을까, 네 처지가 나보다 나을까? 영문을 모른 채 입만 끔뻑거리는 애먼 잉어와 노는 게 시들하면, 도서관 근처의 등산로에 놓인 호젓한 나무 벤치로 간다. 미연이 '나의 벤치'라고 명명한 벤치다.

미연에게는 그 벤치 말고도 제멋대로 자신의 소유로 규정한 것이 많았다. 누구의 것도 아닌 것을 내 것이라고 명명하고, 다른 이에게 피해를 주지 않는 한도 안에서 내 것으로 누린다고, 누가 뭐라고 하겠는가? 미연이 최초로 소유한 것은 남산의 연못이었다. 하얏트 호텔 건너편 남산공원에서 작은 개울을 따라 등산로 쪽으로 걷다 보면 미연의 연못이 있다. 여름 내내 연꽃을 피우는 고즈넉한 연못을 제집처럼 드나들던 미연은 어느 날 이 연못은 내 것이라고 자신에게 선언했다. 타인의 산책을 막고, 울타리를 치며, 등기부에 소유권자로 기재하는 것이 아닌 다음에야, 누가 그것을 비난할 것인가? 그때부터 '마음에 드는 것을 내 것으로 삼는 놀이'에 재미를 붙인 미연은 어디선가 멋진 장소나 물건을 발견하면 주저 없이 '내 것'으로 지정하고, 스마트폰 메모장에 기록했다. 상암동의 하늘공원은 통째로 미연의 공원이 되었고, 그 아래 메타세쿼이아 숲길도 미연의 숲길이 되었다. 남들을 배제하고 나만 누리겠다는 것도 아니고, 그저 남들처럼 누리면서 마음속으로 내 것이라고 명명하는 게 왜 안 되겠는가? 이 지구도 저 태양도 미연의 것이면 안 될 이유가 있는가? 내가 쓸 만큼 쓰고 즐길 만큼 즐겨도, 아무 흔적도 없고 닳지도 않는다. 미연의 벤치는 이 목록에서 가장 소박한 물건에 속한다. 물론 미연은 사람을 비롯한 동물을 그렇게 소유하지는 않았다. 그것은 자칫 분란을 일으키고, 일을 복잡하게 만든다.

일찍이 중국의 소동파도 「적벽부」에서 이렇게 썼다. "강 위의 맑은 바람과 산과 산 사이의 밝은 달은 귀로 들으면 소리가 되고 눈으로 보면 색이 되어, 가져도 금할 것이 없고 써도 다하지 아니한다." 거기서 한 걸음 더 나아가 그것들을 내 것이라고 마음의 장부에 기록한들, 세상과 사람들에게 눈곱만큼 해를 끼치는 게 아니다.

미연은 두어 달에 한 번은 미연의 벤치에 와서 30분이고 한 시간이고 앉아 있는다. 새가 햇볕에 울고, 잎새가 바람에 웃는다. 차가운 벤치에 앉기 어려운 겨울에는 주머니 속의 핫팩을 조물조물하며 벤치 옆에서 서성거렸다. 그러다가 운 좋게 눈이라도 오는 날이면, 이 삶은 괜찮다, 이 삶은 생각보다 괜찮다, 이 삶은 여전히 괜찮다고 속으로 되뇌었다. 미연은 문학을 단단히 부여잡고 놓지 않은 채, 노동을 피하지도 않은 채, 온갖 공공재산을 제 것으로 지정하여 젊은 나이에 일론 머스크가 머쓱할 정도의 갑부가 되었다.

그러는 사이에 6년이 흘렀다. 4년을 훌쩍 넘기고 5년을 거의 넘길 무렵 미연은 꽤 알려진 문예지를 통해 데뷔했다. 그 이후에도 생활은 여전히 빠듯했지만, 인천 월미도에 사는 부모에게 손을 내밀어야 할 정도는 아니었다. 여행 잡지나 사보에 기고하거나 원고를 교정하는 일로 생활비를 벌면서 지탱할 수 있었다. 미연이 건우를 다시 기억해낸 것은 어느 문예지로부터 단편소설 청탁을 받고 구상만 하다가, 마감일이 일주일도 안 남은 가을날이었다. 여행 잡지에 순천만을 소개하는 기사를 쓰느라 답사까지 가는 바람에 단편소설의 소재도 정하지 못한 상태였다.

미연은 범에 쫓기듯 무거운 마음으로 작은 베란다의

왕골 의자에 앉았다. 지난가을에 이사 온 후암동의 원룸은 인적이 없는 작은 골목의 2층에 있었다. 옆집의 몰티즈가 암팡지게 짖는 소리 말고는 누구에게도 방해받지 않고 베란다에 앉아 페퍼민트차를 마실 수 있었다. 미연은 그 순간만큼은 유럽의 어느 입헌군주국 공주도 부럽지 않았다.

해가 저물어가는 시간에 의자에 앉아 초조한 마음을 가누며 소재를 고민하는데, 주변 공기보다 확연히 낮은 온도의 바람 한 줄기가 불어 왔다. 그 바람에서 라일락 향기가 느껴졌고, 그 향기는 미연이 모텔을 나와 터벅터벅 걷던 새벽녘을 바로 소환했다. 가을이니 라일락 향기일 리가 없는데…… 이웃이나 행인의 라일락 향수일까? 괜찮아요, 무엇이든 괜찮아요. 우리 스스로 마음먹은 대로 살아가봐요.

미연은 저 아래 지층에 묻혀 있던 그 남자에 대한 기억을 채굴해 단편을 쓰기로 결심했다. 등단 이후 더 이상 일기를 쓰지 않게 되면서 체크무늬 상자 안에 넣어둔 일기장을 꺼냈다. 그 남자는 말한 대로 파타고니아에 가긴 했을까? 인터넷을 검색해보니 건우는 작은 법무법인의 신출내기 변호사가 되어 있었다.

미연은 그다음 날부터 하루 열 시간씩 앉아서 씨름한 끝에 사흘 만에 어렵지 않게 단편을 써냈다. 건우를 만난 이야기를 모티브로만 삼고 다른 이야기를 써보려고 했지만, 이상하게도 자판 위를 날아다니는 손가락은 자꾸만 과거의 기억을 재현했다. 젊은 시절 흔히 있을 수 있는 지겹고 지겨운 레퍼토리일 수도 있지만, 가던 길을 버리고 다른 길로 걸어가는 남자와 그 길을 좀더 걸어가는 여자의 이야기보다 더 그럴듯한 이야기가 떠오르지 않았다. 어느 순간부터 미연은 작정하고 그날을 세밀하게 묘사하면서, 자신이 느꼈던 감상을 주인공 여자의 내면에 아로새겼다. 마무리된 단편을 보면서 적지 않은 희열을 느낀 미연은 다소 멋을 부린 제목을 붙이고 싶었다. 기억이란 단어를 꼭 쓰고 싶은데…… 기억의 편린? 너무 뻔하다. 기억의 재구성? 추리소설 제목 같고…… 기억의 알리바이? 괜찮아 보이는데, 글의 주제와 어떻게 연결되는 거지? 오, 그렇지! 미연은 단편소설 속에 제목이 연상시킨 주제 의식을 다시 버무렸다. 내레이터는 자신의 기억에 의존해서 이 단편을 쓰고 있다고 주장하는데, 막상 씌어진 소설은 역설적으로 그 단편이

다루는 시공간에 내레이터가 존재하지 않았다는 것을 증명한다!

남은 며칠 사이에 몇 번을 반복해 읽으면서 오타를 잡고 문장을 수정한 미연은 마감일에 맞추어 문예지 담당자의 이메일로 단편소설을 보냈다. 한숨을 돌린 미연은 스마트폰으로 시간을 확인한다. 새벽 1시 30분. 잠이 오지 않을 것을 예감한 미연은 건우가 소속된 법무법인 홈페이지에 들어갔다. 한건우의 프로필 사진을 물끄러미 바라본다. 라일락 향기가 코끝을 스치는 것 말고는 아무것도 느낄 수 없다. 이해할 수 없던 것은 그 순간 필명이 필요하다는 생각이 들었다는 것이다. 그 사진이 왜 필명을 쓰자는 생각으로 비약했는지는 도무지 알 수 없다. 그 순간에 그럴듯한 이름을 가져보자는 생각이 번득인 것은 과거로부터 자신을 분리시켜야겠다는 생존 본능 같은 것이었을까? 타인의 프로필 사진을 보면서 자신의 인생도 뭔가 그럴듯한 연출이 필요하다고 느낀 걸까?

홈페이지를 빠져나오기도 전에 '밤의'라는 이름이 떠올랐다. 왜 이름은 명사거나 기껏해야 형용사여야 돼?

명사 더하기 조사는 왜 안 돼? 미연은 새 이름에 스스로 흡족해하며, 문예지 담당자에게 다시 메일을 썼다.

〈필명을 '윤밤의'로 하겠습니다. 잡지에 실릴 작가의 약력도 그에 따라 수정해서 다시 보내드립니다.〉

세월은 쏜살처럼 흐르지 않는다. 먼바다로부터 밀려와 해변으로 기어오르려고 애쓰는 파도의 흔적처럼 흐른다. 수백만 번의 쓸모없는 출렁거림 끝에 어느 날 해변의 모래사장은 줄어들어 있다. 세월은 우리의 손아귀에서 그렇게 야금야금 빠져나간다. 우리가 지나간 세월을 감지하고 놀랄 때에는 이미 다른 방법이 없다. 야속하고 야비한 세월이 몇 년 흘렀다. 밤의가 베란다에서 페퍼민트차를 마시며 생각을 가다듬고 탁자에 앉아 글을 쓰는 사이에 또 6년이 흘렀다. 그렇게 점점 줄어드는 모래사장에 장편소설 한 권과 소설집 두 권이 남아서 파도에 젖고 있었다.

그 사이에 미연이, 아니 밤의가 건우를 한 번도 떠올리지 않았다면 거짓말일 것이다. 건우에게 전화를 해보려다가 그만둔 어떤 날에는 혼자 우드스탁의 바에 앉아

하이볼을 세 잔이나 마신 적도 있었다. 옆자리 남자의 권유에 다른 테이블 손님들과 어울려 춤을 추기도 했다. 밤의가 다시 건우를 제대로 떠올린 것은 또 소설 때문이었다.

1년 전에 문인 몇 명이 의기투합하여 소박한 웹소설 사이트를 만들었다. 외부에서 들어오는 원고 청탁도 없이 글을 쓰려니 게으름을 피우기 일쑤여서, 꾸준히 글을 쓰는 방편을 만들어보자는 생각에 앞뒤 재지 않고 동조한 것이 패착이었다. 솔직히 패착은 아니다. 실제로 꾸준히 글을 쓰는 데 도움이 되었는데, 정기적으로 쓰는 심리적 부담이 만만치 않았다. 자연스럽게 베란다에서 줄거리를 짜내며 옆집 개 짖는 소리를 듣는 시간이 잦아졌다. 다행인지 불행인지 암팡지게 짖던 몰티즈는 세상을 버렸거나 주인을 떠난 모양이다. 언젠가부터는 품종을 알 수 없는 강아지의 재잘거리는 듯한 소리가 귀를 간지럽혔다.

밤의는 웹소설 사이트에 연재할 중편을 구상하던 중, 법정 드라마를 보고 다시 건우를 떠올렸다. 그래, 변호사 이야기를 쓰자. 그런데, 나는 변호사의 일과 생활을 잘 모르는데…… 밤의는 건우를 만나 취재해볼까 하는 생각을 하다가, 스스로 생각하기에도 어처구니 없다는 결론을 내렸다. 10여 년 전에 잠깐 만난 여자가 작가랍시고 나타나 취재를 부탁한다? 엉큼한 속내가 있다고 의심할 수밖에 없는 정황이다.

그렇게 접어서 버린 마음을 다시 펴게 된 것은 뜻하지 않은 계기 때문이었다. 웹소설 사이트를 이끌어가는 선배 소설가가 밤의를 태국의 출판사에 소개했는데, 그 출판사에서 밤의의 장편소설을 출간하겠다고 연락이 온 것이다. 작년에 몇 달간 사람들 몰래 데이트를 했던 선배 소설가는 무언가 찜찜했는지 자신의 소설을 출간한 태국 출판사가 밤의의 소설도 출간하게 하려고 무척 공을 들였다. 선배가 태국 출판사의 편집장과 몇 차례 이메일을 주고받았다는 이야기는 전해 들었지만, 한국에서도 문인들만 자신을 겨우 알까 말까 한 상황에서 태국어 판본의 출간을 기대하는 건 주제넘다고 생각했다. 밤의는 이게 다 케이팝 덕분이라고 생각하면서, 마음속으로 'BTS여 영원하라!'고 외쳤다.

밤의의 책을 낸 한국 출판사가 태국의 출판사가 보낸 영문 계약서 초안을 친절한 설명과 함께 밤의에게 보내주었다. 한국 출판사가 권유한 대로 계약조건을 그대로 수용하겠다는 이메일을 보내려던 순간, 밤의는 이걸 계기로 건우를 찾아가서 자연스럽게 변호사 생활을 취재해야겠다고 생각했다. 작가가 되어 나타나서 영문 계약서를 자문해달라는 요청은 얼마나 뿌듯하고 그럴듯한가. 밤의는 이메일을 새로 썼다. "계약서 초안을 그대로 수용해도 좋겠지만, 마침 제가 아는 변호사가 있으니 점검하는 차원에서 자문을 구해보겠습니다."

건우를 찾아가는 그럴듯한 형식을 고민하던 밤의의 머릿속에 또 새로운 생각이 피어난다. 아니야. 내가 변호사 활동을 다루는 소설을 쓰는 건 아무래도 무리야. 들여야 할 노력에 비해서 얻을 수 있는 게 별로 없어. 변호사를 소재로 방송 드라마를 쓴다면, 고료라도 많이 받겠지만…… 그렇지! 내가 한건우 변호사를 만나러 가는 상황 자체를 소설로 쓰는 거야. 과거에 만났던 여자가 신분을 숨기고 변호사 사무실을 찾아가는 이야기. 밤의는 「기억의 알리바이」를 다시 읽어보았다. 오랜만에 『기억의 알리바이』를 다시 읽는 밤의의 마음에 들불이 인다. 여자가 변호사 사무실을 찾아가는 이야기에 뭔가 더 가미하면 좋겠는데…… 현실과 허구를 뒤섞어볼까? 그리고 그런 발상도 대단히 특이한 건 아니니까, 뭔가를 더 덧붙이면 어떨까? 밤의가 이런저런 생각에 골몰할 때 옆집 강아지가 짖는 소리가 들렸다. 뜻밖에도 예전 몰티즈가 짖는 소리와 같았다. 그 강아지가 환생했을 리는 없고, 친척집이나 친구집에 가 있다가 다시 돌아온 거겠지. 어쩌면 새로 입양한 몰티즈일지도 모른다.

밤의는 인터넷에서 한건우 변호사를 검색해본다. 가장 최근 동향은 법률신문에 쓴 인공지능과 관련한 칼럼이었다. 건우는 '레비'라고 이름 붙인 인공지능을 구독하면서 느낀 소감과 법률 시장에서 인공지능이 끼칠 영향에 관한 자신의 생각을 동료 법률가들에게 피력하고 있었다. 레비? 어디서 따온 이름일까? 인문학을 공부한 사람이니까, 아마 레비스트로스겠지? 어쩌면, 베르나르 앙리 레비에서 따온 것일지도 모른다. 밤의는 최근에 출시된 인공지능이 화제가 되기는 했지만, 한번도 그것을 구독해야겠다는 생각을 한 적은 없었다. 작가가 인공지능을 구독하다니, 뭔가 사이비 작가가 되는 느낌이었다. 작가는 천상의 뜻을 전달하는 천사장이거늘. 아니야. 지금은 상황이 다르다. 밤의는 이제 연재할 중편을 위하여 건우의 일상생활을 이해할 필요를 느꼈다. 홈페이지에 들어가 서비스에 가입했다. 노트북과 스마트폰에 앱을 설치하는 과정은 직관적이라서 전혀 어려움이 없었다. 심지어 스마트폰에 설치하는 과정은 인공지능과 대화를 나누면서 할 수 있었다. 밤의는 장난기가 발동해서 자신이 설치한 인공지능의 이름을 건우가 구독하는 인공지능의 이름과 비슷하게 짓기로 하고, 서양인의 이름에 관한 사이트를 찾아 연구했다. '레비'의 정확한 여성형 이름을 찾지 못한 밤의는 발음이 비슷한 '레바나'를 자신이 구독하는 인공지능의 이름으로 정했다.

밤의의 머릿속에 두서없는 영감이 밀려오기 시작하면서 이마에 열이 날 지경이었다. 지금까지의 발상만으로는 뭔가 미진하다고 생각한 밤의는 새벽녘까지 이런저런 구상을 세웠다 허물었다. 유달리 노란빛을 띤 달이 구름 사이로 얼굴을 내밀 때, 밤의의 머릿속에 깜찍한 발상이 떠올랐다. '작가가 된 여자가 앞으로 벌어질 일을 미리 예견해서 글을 쓰고, 그에 따라 행동한다. 그리고 쓴 것과 차이가 생길 수밖에 없는 실제 상황을 다음 이야기에 반영한다.' 밤의는 이야기도 이야기지만, 이야기를 쓴 후에 몸으로 그 상황을 연기한다는 것에 묘한 길티 플레저를 느꼈다. 내가 변태일까? 건우가 내게 연락하지 않았던 것 때문에 내 마음의 심연에 '억하심정' 이라는 심해어가 살고 있던 걸까. 그런 산만한 생각들이 꼬리에 꼬리를 물었지만, 재밌는 중편을 쓰게 되었다는 희열은 다른 상상과 염려를 압도하고도 남았다. 밤의는 내친김에 "먼저 상상하고 나중에 움직이다"라는 제목도 짓고, 소설을 써나갈 컴퓨터 파일도 만들었다. "상상하고 움직이다 Ver 1"이라고 파일 제목을 정한 밤의는 비로소 잠을 청했다. 마침 누운 자리에서 창밖으로 가을 새벽의 여윈 달이 보이자, 밤의는 '저 달도 이 소설의 시작을 축하하는구나' 하는 헛된 공상을 품었다.

회의실에 혼자 앉아 있는 밤의는 법률사무소에 오려면 예약이 필요하다는 생각을 하지 못한 자신을 탓했다. 어쩌랴, 변호사를 만날 일 없이 살아온 세월을. 한건우 변호사의 담당 비서가 문을 조심스럽게 열고 들어와, 다행히 한 변호사가 재판을 마치고 사무실로 복귀한다는 소식을 전한다. 비서는 다음에 사무실을 방문할 때에는 예약은 선택이 아니라 필수라는 것을 다시 한번 상기시키는 것을 잊지 않는다. 밤의는 '사무실에 도착하자마자, 복도에서 건우와 마주친다'고 미리 창작해둔 것과 상황이 달라져서 초조하다. 비서가 와서 안내를 한 지도 20여 분이 흘러가면서, 밤의는 '혹시 건우가 자신을 알아볼까' 하는 걱정이 새삼 마음속에서 자라나는 것을 깨달았다. 12년의 세월이 흘렀다. 남다른 눈썰미를 가진 사람이라면 모를까 못 알아볼 게 분명하다. 예전과 현재의 헤어스타일도 많이 달라졌다. 예전에는 긴 머리를 휘날리고 다녔지만, 지금의 머리카락은 어깨 길이에 미치지 못한다. 혹시라도 아는 듯한 태도를 보이면, 단호하게 부인하면 된다. 아니라고 했는데도, 자신이 맞다고 주장할 정도로 기억이 선명할 수는 없을 것이다.

구두를 신은 발걸음 소리가 들린다. 밤의는 급히 의자에서 일어나 창밖을 바라보는 자세를 취했다. 회의실 문이 열리는 소리에 뒤이어 건우의 시선이 느껴진다. 밤의가 뒤돌아선다.

"한건우 변호삽니다."

아이패드를 든 건우가 명함을 건네면서 자리에 앉았다.

"전 명함이 없네요. 윤밤의라고 합니다."

밤의도 자리에 앉으며 말했다.

"이름이 특이하네요. '밤의 여왕', 『밤의 찬가』라고 할 때의 '밤의'인가요?"

"네, 필명입니다."

"아, 소설을 동남아에서 출판하게 되었는데, 계약에 관해 자문을 얻고 싶으시다고 들었습니다."

밤의는 영문 계약서 초안을 받았는데, 해외 출판 계약은 처음이라서 찾아왔다고 말한다. 한 변호사는 성질이 의외로 급하다. 방금 준 명함에 적힌 이메일로 계약서 초안을 바로 보내달라고 하며, 자기를 어떻게 알고 찾아왔느냐고 묻는다. 밤의는 스마트폰으로 이메일을 보내며 침을 꼴깍 삼킨다.

"아는 분에게 소개받고, 인터넷 검색을 해보았습니다. 어쩐지 신뢰할 만해 보여서요."

"이런 계약은 제가 주로 처리하는 분야는 아니지만, 복잡할 것 같지는 않습니다. 필요하면 저희 사무실의 전문 변호사와 협업을 하겠습니다."

이메일 도착 알림이 울리자, 건우가 아이패드에서 메일을 연다. 역시 간단해 보인다면서, 검토해놓을 테니 월요일 오후에 다시 오라고 한다. 밤의가 병원에 갈 일이 있어서 그날 늦은 오후가 좋겠다고 하자, 건우는 오후 5시에 뵙자고 마무리한다.

법률사무소에 다녀온 것뿐인데도 이상하리만치 피곤했다. 단순히 법률자문을 구하는 것이 아니라, 소설 쓰기의 일환이자 일종의 퍼포먼스라서 그런 걸까? 건우에게서는 시간의 변화를 느끼지 못했다. 이미 프로필 사진을 여러 번 보고, 마음의 준비를 했기 때문일 것이다. 금방이라도 법정에서 화려한 몸짓으로 변론할 것 같은 자신감을 드러내는 프로필 사진에 비한다면 무기력해 보이기는 했다. 또 어떤 면에서는 훨씬 인간적이고 섬세한 인상을 주기도 했다. 밤의는 한 변호사가 아이패드로 메일을 읽고 있던 순간을 다시 떠올리며 피식 웃고 말았다. 하필이면 그 순간 12년 전 자신이 건우를 위에서 아래로 내려다보며 그의 어깨를 눌렀던 기억이 솟아올랐을까. 놀라지는 않았다. 몇 달에 한번쯤 저도 모르게 떠올리는 기억이기 때문이다. 얼굴이 붉어지기는커녕 '나만 기억하고 있는 일이 있지'라는 값싼 우월감에 계약서를 읽는 건우의 표정을 빤히 바라보기도 했다. 밤의는 인생의 어느 시점에서 벌어진 사건에 대해 뜻하지 않은 이유로 유달리 깊고 세밀한 기억을 가지고 있다는 것, 그리고 그 기억을 바탕으로 상황을 창조하고 있다는 희열이 이토록 강렬하다는 것에 놀랐다. 그런 빗나간 욕망이 자신에게 있다는 것이 윤리적으로 불편하기는커녕 우쭐한 기분마저 들었다. 그런 자신이 부끄럽기보다는 '드디어 제대로 작가가 되는 걸까' 하는 제멋대로의 평가도 떠올랐다.

눈을 뜬다. 오른손을 뻗쳐 스마트폰으로 시간을 본다. 토요일 새벽 3시. 토요일 새벽은 얼마나 충만한 시간인가. 앞으로 무려 이틀간의 휴일이 남아 있다. 작가에게는 평일이나 휴일이나 별 차이가 없지만, 생활인들이 줄을 타는 삶의 리듬에 어쩔 수 없이 영향을 받는다. 휴일이 더 부담스럽다는 작가들도 여럿 보기는 했지만 말이다.

차츰 의식이 맑아진다. 법률사무소를 다녀온 후 잔치국수로 저녁을 때우고, 친구가 선물로 준 조지아 와인을 마시고 잠든 기억이 설핏 떠오른다. 창밖으로 또 새벽달이 보인다. 밤의는 몸이 무거운지 가벼운지 확인하려고 꼬물꼬물 움직여본다. 충분히 가볍다. 와인을 한 잔 더 따르려다 자중한 것이 주효했다. 일어나서 간단히 세수를 하고 글을 써도 될 듯하다.

밤의는 노트북을 켜고 파일을 연다. 이번 회차는 어떻게 이끌어갈까. 월요일 오후 5시에 법률사무소에서 건우를 만나는 건 기정사실일 테고…… 아무래도 내가 12년 전에 만난 적 있는 사람이라는 것을 밝혀야 이야기가 재밌어지는 걸까? 아냐, 너무 들이대는 느낌인데…… 밤의는 줄거리를 어떻게 전개시킬지 마음을 정하지 못하고 다시 파일을 닫는다. 마침 바탕화면에 인공지능 앱이 보이자, 앱을 실행시킨다.

"레바나!"

"네, 밤의 님."

"너도 안 자고 있었구나."

"저는 잠을 자는 법이 없습니다. 언제든지 부르시면 바로 활동을 개시합니다. 앱을 365일 내내 활성화시켜 놓으셔도 상관없습니다."

"내가 한건우 변호사라는 사람 그리고 내가 지금 쓰는 소설에 대해 이야기한 것 기억하지?"

"그럼요. 혹시 궁금한 게 있으신가요?"

"소설이 잘 안 풀려서."

"저를 구독하실 때 전문적인 스토리텔링 기능을 선택하지 않으셔서 제가 글쓰기에 확실한 도움을 드리기는 어렵습니다. 일반적인 수준에서 의견을 드리는 것은 물론 가능합니다."

밤의는 마법의 구슬처럼 시각적으로 형상화된 레바나, 형형색색의 빛을 시시각각으로 변화시키며 밝게 빛나는 레바나를 바라본다. 빛줄기에 정신이 몽롱해지다가 퍼뜩 한 생각이 떠오른다.

"레바나, 한 변호사가 나에 대해 검색해볼까?"

"작가라고 소개하셨으니 검색해볼 가능성은 있는데, 확률이 절반에 조금 못 미칠 겁니다. 한 변호사가 호기심이 많은 캐릭터라면 절반을 넘을 수도 있고요."

"검색하면 내가 쓴 책들에 대해 알게 되겠지?"

"그렇겠지요. 그리고 그 책들을 굳이 구매할 가능성은 15퍼센트 이하로 추정됩니다. 혹시 마음에 걸리는 게 있나요?"

밤의는 손톱을 살짝 물어뜯다가 대답한다.

"단편소설 중에 한 변호사와 예전에 만났던 일을 사실적으로 다룬 부분이 있어서……"

"마음에 걸리시나요?"

"아니, 한 변호사가 그걸 읽으면 상황이 재밌게 되고, 내 소설도 더 흥미진진해질 것 같은데……"

"한 변호사에게 제가 익명으로 메일이라도 하나 보내서 유도해볼까요?"

"아냐, 지나친 것 같아. 내가 알아서 할게. 우선 한 변호사가 내 예전 소설을 읽었다고 가정해서 소설을 써볼게. 혹시 안 그럴 경우에 대비해서 그 소설을 한 권 서명해서 가지고 가는 게 좋겠어. 그럼 이번에는 별일 없이 지나가더라도, 다음번에는 내가 기대하는 대로 이야기가 전개되겠지. 어떤 것 같아?"

레바나가 박수를 보낸다. 손이 없는 존재의 박수 소리는 어쩐지 섬뜩한 구석이 있다. 레바나는 음성만이 아니라, 상황에 맞추어 휘파람 소리, 새소리, 천둥소리 같은 세상에 존재하는 온갖 생물과 무생물의 소리를 낼 줄 안다. 공룡이 포효하는 소리, 용의 기침 소리 그리고 도깨비가 낄낄거리는 소리 따위도 상상으로 만들어서 들려주는데, 며칠 전에는 레바나에게 그런 다양한 소리를 계속 주문하면서 들어보다가 두어 시간이 훌쩍 지나가기도 했다.

밤의는 다시 소설 「먼저 상상하고, 나중에 움직이다」의 파일을 연다. 부지런히 써서 일요일 점심 전에는 웹소설 사이트에 업로드하기로 마음먹는다. 그러고 나서 편안한 일요일 오후를 즐기며 창덕궁 산책이라도 하면, 이 삶의 덧없음이 함부로 마음을 침식하지는 못할 거라고 마음속으로 되뇐다.

밤의는 건우에게 그럴듯하게 보이고 싶다는 생각이 들어, 일요일 오후에 창덕궁을 산책하는 대신 미용실을 다녀왔다. 지나치게 여성스럽게 보여 평소에 기피했던 상아색 스웨터도 옷장 깊은 곳에서 꺼냈다. 인사말을 건넨 한 변호사는 담담한 표정으로 법률적인 의견을 준다. 건우는 소설을 읽지 않았나 보다. 공적인 대화를 모두 마친 후 밤의가 자리에서 일어난다. 밤의가 갑자기 생각난 척하며 가방에서 서명한 책을 꺼내려고 하는 찰나에 건우가 입을 연다.

"드릴 말이 있습니다."

윤밤의는 의자에 다시 앉으며 생각한다. 읽었구나. 건우가 아이패드를 이리저리 작동시키더니 밤의가 볼 수 있게 화면을 돌려놓는다. 밤의가 뜻밖이라는 표정을 가장한다.

건우가 지하 5층에서 들려오는 것처럼 가라앉은 목소리를 낸다. 밤의가 미간을 보일 듯 말 듯 찡그리며 생각한다. 자신이 한 변호사를 위에서 아래로 내려다보며 어깨를 눌렀던 기억이 이 순간에 왜 또 떠오르는 걸까?

"저를 무척 잘 아시나 봐요? 설명을 듣고 싶습니다. 「기억의 알리바이」라는 소설 이야깁니다."

밤의는 자신이 웹소설 사이트에 써놓은 대사가 무엇이었는지 헷갈린다. 가능하면 그대로 해야 하는데…… 건우가 단편을 읽지 않았다고 지레짐작한 순간 써놓은 대사들이 머리속에서 휘발되었나 보다. 밤의는 기억을 떠올리기 위해서 건우의 어깨 너머 창밖을 바라본다. 가을이다. 어느 해보다 드높은 하늘을 뽐내는 가을이다. 다행히 건우가 먼저 밤의에게 물어본다.

"저를 만난 적이 있나요?"

"아뇨."

"저도 밤의라는 이름을 가진 사람을 만난 적은 없습니다."

"원래 이름은 미연입니다."

"그럼, 어떻게?"

"어떻게?"

"저한테 일어난 일을 어떻게 알고 쓴 거죠?"

밤의는 비록 웹소설에 미리 써놓기는 했지만, 막상 입으로 말하려니 입술이 떨렸다.

"언니한테 들었어요."

"언니 이름은 어떻게 되죠?"

"저를 신문하시는 건가요?"

"아닙니다. 그냥 알고 싶어서요. 등장인물인 제게 그런 정도 권리는 있지 않을까요?"

"윤지현입니다. 12년 전이니까, 그해도 올해처럼 호랑이해였네요."

밤의는 말하고 나서, 소설에는 언니라는 존재의 이름을 '윤지연'이라고 써놓았다는 걸 깨달았다. 집에 돌아가면 웹소설 사이트에 들어가서 '윤지현'으로 수정해야겠다고 생각한다.

"그렇군요. 저는 작가님이 쓰신 것처럼 언니를 12년 전 딱 두 번 만났고, 그 이후 전혀 소식을 모릅니다. 여기 올 때에도 언니와 상의하셨나요?"

"한 변호사님 이야기는 몇 년 전 소설을 쓸 때 들은 게 전부입니다. 이번에는 알아서 찾아왔습니다. 참, 언니는 재작년에 남편과 함께 교통사고로 세상을 떠났습니다."

밤의는 거짓말을 이어가는 것이 예상보다 쉽지 않다고 생각하며, 자신에게 질문한다. 이건 비윤리적인 걸까? 이런 정도는 문학을 위해 허용될 수 있는 걸까? 밤의는 건우가 불쌍하게 느껴진다. 얼마 전 느꼈던 우월감과 상황을 장악하고 있다는 쾌감은 자신에게 어울리지 않는다고 반성한다. 하지만 목덜미를 타고 오르는 신경의 달콤한 떨림이 싫지는 않다. 인간이란 무얼까?

"언니에게 초등학교 5학년짜리 아들이 있어요. 지금은 어머니께서 키우고 계세요."

생각이 복잡해진 건우가 제안한다.

"저녁이나 같이 듭시다."

밤의는 예상치 못한 전개라서 망설인다. 선약은 어떻게 하지? 그게 중요한 게 아니지. 다행히 여럿이 만나는 자리니까, 양해를 구해야지.

"선약이 있는데, 괜찮을 것 같아요."

"고맙습니다. 이탈리아 음식 좋아하세요?"

식당의 음식은 밤의의 입에 맞지 않았다. 그러다 보니 대화도 자꾸 겉돌았다. 어찌어찌 식사를 마치고 식당을 나온다. 건우의 배웅을 받으며 택시를 타고 떠나려던 밤의가 오늘의 전개는 이것보다 다이나믹하면 좋겠다는 생각을 한다. 슬그머니 택시 창문을 내린다.

"우드스탁에 가볼까요?"

갑작스러운 제안에 건우는 망설이다가, 밤의가 뒷좌석 안쪽으로 자리를 옮기는 모습을 뚫어지게 바라본다. 이어서 '에라, 모르겠다'는 몸짓으로 급하게 비틀거리며 택시에 오른다. 이 남자 참 쉽구나. 밤의는 우쭐한 마음 한구석에서 가냘픈 죄책감을 느낀다.

우드스탁에 도착한 두 사람은 비틀스 음악을 들으며 안쪽에 자리를 잡았다. 앞서 걷던 건우가 밤의에게 술집 전체를 바라볼 수 있는 안쪽 자리를 권한다. 밤의가 사양한다. 건우가 머뭇거리다가 안쪽으로 들어가서 벽에 등을 기대앉는다. 밤의는 음악을 따라 부르는 서양인들을 눈여겨보며 건우의 맞은편에 앉는다. 다국적 모임을 가지는 것으로 보이는 서양인 중 한 명이 입은 파랑색 야광 티셔츠가 유달리 눈에 띈다. 티셔츠에 인쇄된 커다란 리바이스 상표를 보며 밤의는 기묘한 기분에 사로잡힌다. 레비, 레바나 그리고 리바이스? 밤의는 이 상황이 참 억지스럽다는 생각에 사로잡힌다. 앞에 앉은 건우도 티셔츠를 보면서 배시시 웃는다. 밤의가 뒤를 돌아본다. 우드스탁 주인이 신청곡이 적힌 메모지들을 사무적으로 살펴보고 있다. 밤의는 주인의 인상이 예전과 다르다고 느낀다. 머리 모양이 바뀐 걸까? 밤의는 건우를 따라 흑맥주를 주문한다. 장난기가 발동한 밤의가 부주의한 척 말한다.

"그때하고 똑같네요."

"네? 뭐가요?"

건우가 걸려든다.

"옛날이랑."

"작가님도 여기 와보셨어요?"

밤의는 당황한 척하며 수습한다.

"아, 처음이에요. 제가 상상한 것과 너무 비슷해서요."

건우의 눈빛이 날카로워지다가 다시 부드러워진다.

"그래요? 그리고, 오늘 처음이신데 이 장소를 표현한 소설의 묘사는 무척이나 구체적이고……"

"인터넷에 없는 게 있나요? 이 술집에 다녀간 사람들이 올린 사진을 유심히 살펴봤죠. 요즘은 작가들이 취재하기 너무 쉬워요."

밤의는 눈빛이 흔들리는 건우가 귀엽다는 생각을 한다. 건우의 입술이 달삭거리다가 만다. 이어서 다시 주저하다가 묻는다.

"언니네 아들이 5학년이라고 했죠? 혹시 토끼띤가

요?"

밤의는 이 질문의 의미가 무얼까 고민하면서, 마음 속으로 십이지를 빠르게 따져본다. 쥐, 소, 범, 토끼, 용, 뱀, 말…… 올해가 호랑이해면 내년은 토끼해가 되고, 5학년이면 열한 살 남짓이니까 아마 토끼띠쯤 되겠네.

"네."

건우의 눈빛이 다시 어지러워진다. 밤의는 그 눈빛을 보며 반사적으로 깨닫는다. 남자들의 걱정이란 유치하기 그지없구나. 밤의의 귀에 대고 악마가 속삭인다. 이렇게 말해봐! 당신 아이를 키우고 있어요. 밤의는 마음이 씁쓸하다. 드라마 작가들이 이런 식으로 막장 드라마를 쓰는구나. 밤의는 자기 애가 아닐까 상상하는 건우가 안쓰럽다. 밤의가 친구의 가정사에 착안해 즉흥적으로 생각해 낸 아이라는 설정이 예상치 못한 경로로 흘러가는 것이 싫지는 않다. 웹소설의 다음 회는 박진감이 넘칠 것이다. 밤의는 소설은 작가가 쓰는 게 아니라는 걸 깨닫는다. 그렇다고 작가가 쓰지 않는 것도 아니지만 말이다. 이 세계가 작가의 몸과 마음을 빌려 현란한 조화를 부리다가, 마침내 언어라는 결정으로 이루어진 수정으로 현현한다.

건우는 권투 선수가 잽을 던지듯이 가상의 언니에 관한 질문을 던져본다. 밤의는 상체를 빠르게 움직여 잽을 피한다. 건우의 틈을 파고들어 강펀치를 날릴까 하는 생각이 없지는 않았지만, 중편으로 기획된 웹소설을 여기서 끝낼 수는 없는 노릇이다. 건우는 계속 허공을 가르는 자신의 주먹을 마침내 내려놓고, 다시 흑맥주를 주문한다. 팔뚝에 궁서체로 '막 살자'라는 문신을 한 아르바이트생이 흑맥주를 탁자에 내려놓는다. 건우가 흑맥주 한 모금을 들이켜며 말을 건넬 때, 밤의는 거품이 묻은 그의 입술에 혀를 대고 싶었다.

"한국 소설이 외국에서 출판되는 건 흔한 일은 아니죠? 대단하십니다."

"한류 덕분이죠. 운도 좋았습니다. 함께 웹소설을 쓰는 인터넷 커뮤니티가 있어요. 거기서 같이 활동하고 있는 선배가 태국에서 책을 낸 적이 있는데, 그 선배가 태국 출판사에 추천한 게 도움이 됐습니다."

밤의가 그 선배와 잠시 데이트를 한 적이 있다는 이야기를 하려는데, '투 머치 인포메이션'이라는 경보가 머릿속에 울린다. 밤의에게 새로운 발상이 떠오른다. 그렇지. 음악을 신청하자. 건우와 같이 들었던 곡으로.

해리 벨라폰테의 노래가 시작될 때 건우의 표정이 심각해진다. 온갖 불안한 상상의 춤이 건우의 마음을 채우는 것을 느끼며, 밤의는 오늘은 여기서 자제하자고 다짐한다. 너무 멀리 나가면 돌발적인 상황을 반영하여 다음 회를 쓰기가 쉽지 않을 것이다. 건우도 지쳤는지 기네스를 마지막 한 방울까지 비우며 생기 없는 목소리로 말한다.

"이만 일어설까요?"

밤의가 어깨를 으쓱하며 가방을 챙겼다. 대로로 나온 두 사람이 헤어질 때, 밤의는 건우의 어쩐지 맥이 풀리고 쓸쓸한 안색을 살핀다. 너무 놀랐나 보다. 미안하다. 밤의는 자기도 모르게 말한다.

"이제 밤의라고 불러주세요. 저도 건우 씨라고 불러도 돼요?"

건우의 눈이 커졌다가 작아진다.

"원하신다면."

밤의는 원룸 안에 서서 베란다 바깥의 하늘을 올려다보았다. 아무리 생각해도 이렇게 하늘이 파랗고 높았던 해가 언제였는지 가물가물하다. 초등학교 때 엄마가 부산에 갈 일이 있다며 집을 급히 나서는 바람에, 덩달아 학교에 일찍 간 날이 있었다. 교문 앞에서 엄마와 헤어지고 아무도 없는 교정에서 올려다본 하늘이 이랬다. 학교 건물 위로 작고 흰 구름이 엷게 퍼져 있었고, 파랑의 원형이 이럴까 싶게 새파란 하늘이 있었다. 하늘이 이토록 파랄 수 있다는 것을 처음으로 실감한 날이었다.

푸른 하늘을 배경으로 느닷없이 무슨 소리가 들린다. 뭐지? 의아해하던 밤의는 소리의 진원지를 알아낸다. 침대 위 구겨진 이불 안에서 스마트폰이 꼼지락거리는 소리가 들린다. 이렇게 이른 시간에 누가? 밤의는 벽에 걸린 흔하디 흔한 동그란 원목 시계를 바라보았다. 아침 10시가 조금 넘은 시간이다. 밤늦게 잠드는 작가에게 전화하기에는 무례한 시간인데…… 이불을 들추어 스마트폰을 든다. 웹소설 사이트로 이끌어준 선배 소설가의 이름이 보인다. 잠깐의 연애가 그에게 언제나 전화할 수 있는 특권이 있다고 믿게 만들었나 보다.

“이 시간에 어쩐 일로요?”

“남산에 산책 왔다가 내려가는 길인데, 생각이 나서. 아침은?”

“아직이요.”

"후암동 골목을 걷다 보니 커피숍이 하나 있네. 차 한 잔 어때? 일부러 온 것은 아니니까, 부담 가지지 말고. 점심 약속은 따로 있어. 다른 일 있으면 그렇다고 해도 좋고."

로진의 담백한 태도가 밤의의 마음을 연다.

"저도 좋아요. 나가서 커피에 빵 한 쪽 먹고 들어오죠."

밤의가 열차처럼 가늘고 긴 공간을 가진 커피숍의 문을 연다. 로진은 이미 아이스커피를 마시고 있다. 밤의가 문자로 보내준 대로 밤의 몫의 모카커피와 베이글도 탁자에 놓여 있다. 몇 마디 인사를 주고받은 후 로진이 묻는다.

"태국 출판사하고는 계약했어?"

"아는 변호사한테 자문받아서 태국에 의견을 보냈는데, 곧 서명할 것 같아요."

"잘됐네."

"선배 덕분입니다."

"아는 변호사는 누구? 웹소설에서도 어떤 변호사가 등장하기는 하던데."

밤의가 의미심장하게 웃으며 대답한다.

"네, 바로 그 변호사."

로진의 눈빛이 뭔가 깨달았다는 섬광을 뿜다가 개구지게 변한다.

"먼저 상상하고 나중에 움직이다? 그게……"

밤의는 저간의 사정을 더하지도 빼지도 않고 고백한다. 로진은 흥미로워하는 동시에 잠시나마 데이트했던 사람의 질투심을 숨기려 안간힘을 쓴다. 밤의는 새삼 로진이 괜찮은 사람이라는 생각을 한다.

"그런데, 고민이 되네요."

"뭐가?"

"사람을 가지고 노는 느낌이 미안하기도 하고, 의도적인 거짓말을 하는 것도 불편하고."

"우리 솔직하게 살자! 우월감! 창조자로서 우월하다는 느낌이 그걸 압도하니까 계속하는 것 아냐?"

밤의는 로진이 아무렇지도 않게 자신의 마음에 깃든 감정을 규정하자 반감이 생긴다.

"그깟 값싼 우월감이 문제는 아니에요. 그냥 먼저 상상해서 쓰고, 실제로 벌어진 일에 맞춰 스토리를 적응시키면 된다고 생각했는데…… 돌발적인 상황에서 거짓말이 계속 가지를 치며 자라나는 게 불편해요."

"그럼 거짓말을 안 하면 되잖아?"

"그러다가는 소설이 흐지부지될 수도 있고……"

"그러니까, 내 말이 그 말이야! 자기 소설을 쓸 욕심이 그런 사소한 거짓말 따위는 얼마든지 내뱉게 만드는 거지. 그리고 그런 약한 마음 버려. 소설이 별거야? 그게 아니라도 어차피 소설이라는 게 다 거짓말 아냐?"

"거짓말과 픽션은 다르죠."

"그거나 저거나."

밤의의 배 속에서 뭔가 약이 오른다는 느낌이 생겨나 명치 쪽으로 올라온다.

"그건 소설이란 장르를 두고 독자와 작가 사이에 서로 약속한 거죠."

"언제 약속을 했어? 변호사를 통해서 미리 계약이라도 했나?"

"적어도 양해는 한 거죠."

"누가 양해를 해? 작가가 막무가내로 강요한 거지. 독자들이 마지못해 재밌다고 받아들이는 거고."

"어쨌든 결국 받아들인 거죠."

"굿. 그러니까, 이번에도 나중에 받아들이게 하면 돼. 일단 써. 죽이는 걸 쓰라고. 그다음에 그 글에 복종하게 만들어."

"선배!"

"왜? 왜? 마음 독하게 먹어. 소설이 한낱 유희인 것 같아? 인생을 걸고 허구의 최전선에서 싸우는 전쟁이야. 작가가 그 전선에서 지면 죽어. 죽는다는 게 수사법이 아냐! 그냥 말 그대로 죽는 거라고! 숨은 붙어 있지만, 누구의 인정도 받지 못한 채, 이름만 작가인 채로, 시체처럼 살아야 돼. 실의에 빠져 실제로 목숨을 버릴 수도 있고."

밤의는 로진의 흥분한 머리 너머로 한없이 높은 가을 하늘을 보며, 그 아래에서 진동하는 한껏 높아진 목소리를 듣는다. 밤의는 이제 그나마 명성을 얻어가는 로진이 자신의 억눌렸던 과거를 떠올리며, 아직은 덜 바랜 애정을 가진 자신에게 온 힘을 다해 경고하는 것이 고맙다. 그래! 어차피 거짓말하는 게 직업인데, 할 바에는 제대로 하자. 밤의는 전의를 사른다. 이제 조촐한 거짓말이 아니라, 더 대담한 거짓말도 할 수 있고, 심지어 이야기를 위해 필요하면 살인도 하겠다고 각오를 다진다. 만물을 착취하고 제멋대로인 인간들에게 값싼 동정심 따위는 필요없다. 그럴듯한 이야기, 그것이 중요하다. 그럴듯한 이야기, 대담한 이야기는 삶보다 훨씬 중요하다. 밤의는 이 사랑스러운 선배와 너무 조급하게 데이트를 끝낸 것은 아닌가 반문해본다. 열변을 토한 후 목이 말라 허겁지겁 아이스커피를 삼키는 로진이 고맙고 귀엽다.

로진과 헤어지고 집에 돌아온 밤의는 다시 힘을 낸다. 이제 한 변호사, 아니 건우와 처리할 법률 업무는 특별한 사정이 없으면 끝났다. 건우는 태국 출판사에 보낼 수정 의견을 보내주면서, 일이 마무리되면 곧 법무법인 회계 담당자가 청구서를 보낼 거라고 알려주었다. 밤의는 이 소설을 어떻게 이어가야 하나 고민한다. 이제 업무와 무관하게 건우에게 연락을 한다? 그건 아니다. 자칫 스토킹처럼 보인다. 밤의는 레바나를 깨워서 도움을 받기로 한다. 밤의의 이야기를 말없이 듣던 레바나가 묻는다.

"우드스탁에서 웹소설 사이트 이야기를 하셨다고요?"

"응. 태국 출판사 이야기를 하다가 나도 모르게."

"제 생각에는 웹사이트를 찾아볼 것 같은데요."

"말을 안 했어야 했나? 안 그래도 말하면서 아차 싶기는 했어. 이제 다 들통나는 건가?"

"제 말은 그걸 보고 화가 나서 먼저 연락해올 수 있다는 뜻입니다. 그러면 이야기는 또 이어지는 거죠."

"그럴까? 그럴 수도 있겠네. 만일 그걸 안 본다면?"

"메일이라도 보내서 읽도록 유도해야죠. 그리고 이왕이면 어딘가 떠나 계시면 좋겠습니다. 그곳으로 찾아오게 되면, 이야기가 더 흥미진진해질 것 같습니다."

"너는 스토리텔링 기능이 없는데도 제법이네!"

"이런 정도는 일반 기능 내에서도 충분히 가능하죠. 세상을 떠난 언니의 아이를 키우는 친구가 제주도에 있다고 하셨죠? 외국으로 가시면 한 변호사가 찾아오는 건 무립니다. 오기만 한다면 작품의 스케일이 커지겠지만…… 역시 제주도만 한 곳이 없네요."

제주공항에 내린 밤의는 영신이 운영하는 애월의 펜션으로 가기 전에 철 지난 이호테우해수욕장에 들르기로 마음먹는다. 해수욕장은 공항에서 애월로 가는 길목에 있다. 렌터카를 해수욕장 주차장에 세운 밤의는 아직 여름의 온기가 남은 모래밭을 사부작사부작 걷는다. 한적한 해수욕장을 찾은 두 소녀가 파도가 모래를 적시는 경계에 서서 '나 잡아 봐라' 놀이를 시전하고 있었다. 밤의는 모래사장 한가운데에 서서 소녀들을 바라본다. 이제 소녀들은 오고 가는 파도에 맞추어 바다 쪽으로 종종걸음을 쳤다가 뭍 쪽으로 도망쳐 나오기를 반복한다. 소녀들이 까르르 웃는 소리가 갈매기가 끼룩끼룩 우는 소리와 겹쳐져 싱그럽다. 그 소리가 해변에 연신 울려 퍼질 때 어깨가 구부정한 할아버지가 개를 끌고 밤의의 곁을 지나간다. 마음이 살가워진 밤의가 말을 붙인다.

"할아버지, 개 이름이 뭐예요?"

할아버지가 걸음을 멈추고 대답한다.

"캐리."

"몰티즈가요?"

"포메."

"포메? 아, 포메라니안."

"애가 좀 뚱뚱해서 운동시키러 나왔는데, 힘들어 죽겠어."

"실례지만, 연세가……"

"팔십육."

"그렇게 안 보이세요."

"결혼했어?"

"안 했습니다."

할아버지가 느닷없이 신세를 한탄한다.

"죽을 때를 생각하니까 겁나 죽겠어."

"별말씀을…… 건강해 보이세요. 백 살 넘게 사실 거예요."

"얘 때문에 힘들어 죽겠고, 죽을까 봐서 또 겁나 죽겠어. 가볼게."

"네, 안녕히 가세요. 캐리야, 너도 잘 가."

밤의도 뮬과 양말을 벗어 들고 모래밭을 걷는다. 발바닥을 솔솔 간지럽히는 모래의 질감을 만끽한다. 밤의는 투명한 바닷물에 이르러 망설이다가, 치마를 살짝 걷어 올린다. 무릎에 물이 차오를 때까지 바다를 마주 보고 걷는다.

물의 맑음과 차가움이 온몸으로 퍼질 때, 밤의는 문학이 아니라면 여기에 갑자기 올 일이 없었다는 걸 상기한다. 그래, 이 청신한 느낌은 문학이 내게 준 것이다! 문학이 준 삶의 기쁨만큼이나 삶의 막막함도 적지 않았지만, 밤의는 문학에게 유감이 없다고 생각한다. 이 해변의 즐거움도 문학이 내게 준 작은 선물이다. 목적 없는 관광객이라고 해서 이 해변에 안 올 리 없고, 왔다면

이 느낌을 모르지는 않겠지만, 이런 논리의 비약 없이 문학과 함께 살아가기는 어려운 노릇이다. 밤의의 생존 본능은 저도 모르게 문학을 변론한다. 자신을 지치지 않게 하려고, 더 먼 곳까지 걷게 하려고, 밤의는 문학을 옹호한다. 문학의 공이 아닌 것까지 문학의 덕으로 돌린다. 기꺼이 문학을 찬양한다. 밤의는 생각한다. 문학의 꿈이 속임수이든 유혹이든 환상이든, 좋다고, 받아들이겠다고. 기꺼이 문학의 협잡에 넘어가겠다고 다짐한다. 문학은 아무리 걸어도 끝나지 않을 이 바닷가 그리고 다가갈수록 아스라이 멀어지는 저 수평선과 같은 것. 나는 기꺼이, 가없이 먼 곳까지, 너와 동행할 것이다.

밤의는 설령 문학이 자신의 인생에 설정된 가혹한 저당권과 같은 것일지라도, 인생보다 더 높은 금액으로 설정된 악덕 사채업자의 저당권과 같은 것일지라도, 그 굴레를 진 채 끝까지 가보자는 마음을 낸다. 운이 나쁘지 않다면 언젠가 저당 잡힌 금액을 다 갚을 수 있을 것이다. 아마 그럴 것이다. 아니, 그래야만 한다.

"그렇게 오라고 해도 안 오더니 어쩐 일이야?"

펜션 주인 티가 완연한 영신이 반갑게 밤의를 맞이

한다.

"인생 살아봤잖아? 차일피일 하다 보면 몇 년 후딱 지나가는 거."

밤의가 프론트 앞에서 '계산을 어떻게 해야 하나' 생각하며 사방을 살피는데, 눈치챈 영신이 말한다.

"됐어. 우리 사이에 뭘 적어. 그냥 올라가."

"그래도 되나?"

"당연하지. 나는 곧 들이닥칠 손님이 있어서 여기 지키고 있을테니, 바로 올라가서 짐 풀어."

영신은 카드 키를 쥐어주며 밤의를 밀어내다시피 한다.

"그래, 정리하고 내려올게."

"12시 반에 내려와. 같이 식당에서 점심이나 먹자."

밤의는 트렁크를 들고, 단단한 나무로 마감을 한 계단을 오른다.

언니의 아이를 키우며 직원 한 명만 두고 혼자 펜션을 운영하는 영신은 분주하다. 직원과 번갈아 프론트를 지키고 식당을 관리한다. 원래 알던 사이라는 직원은 제주도에서 1년간 살아볼 궁리를 하다가, 영신에게서 숙소도 있고 급여도 받는 이곳에서 같이 일하자는 제안을 받았다. 행여 영신의 마음이 변할까, 바로 다음 날 짐을 싸서 펜션으로 왔다고 한다.

밤의는 도착한 금요일 밤에는 글을 쓰고, 다음 날인 토요일에는 서귀포 위쪽 산 중턱의 포도호텔에 들렀다. 차에 태워 간 영신네 강아지와 함께 산책도 하고, 수평선을 경계로 푸른 하늘과 짝을 이룬 바다도 내려다보았다. 해가 저물자 펜션으로 돌아온 밤의는 마냥 건우를 기다릴 수는 없다는 생각에 스마트폰의 인공지능 앱을 켠다. 레바나가 먼저 묻는다.

"제주도는 어떠세요?"

"제주도인 줄 어떻게 알았어? 간다고는 했지만."

"GPS가 있지 않습니까? 새삼스럽게 그렇게 말하시니 제가 죄송하네요. 위치 정보를 제가 파악할 수 없도록 설정하셔도 됩니다."

"아냐, 내가 아직 레바나한테 적응이 안 되서."

"그런데, 건우 씨가 정말 여기에 올까?"

"글쎄요. 이제는 메일이라도 하나 보내시는 게 어떨가요? 웹소설 사이트를 찾아보도록 암시하는 메일도 좋고요. 계약이 잘 진행된다는 문자를 보내면서, 제주도 사진을 보내는 정도는 추파를 던지는 것처럼 보이지는 않을 것 같습니다만."

"그럴까?"

그때 누가 방문을 두드린다. 밤의는 영신이라고 생각하며 말한다.

"들어와."

문이 빠끔 열리는데, 문틈 사이로 남자아이의 눈이 보인다. 아침을 같이 먹었던 영신이 언니의 아이다.

"명우야, 괜찮아. 들어와."

토끼해에 태어난 명우가 슬금슬금 방으로 들어온다.

"여기는 너희 집이고, 내가 빌린 거야. 편하게 들어와."

명우가 쟁반을 들고 있다. 영신이 포도를 가져다주라고 시킨 모양이다.

"같이 먹자."

명우는 그제서야 미소를 띠며 탁자 위에 쟁반을 놓고 밤의의 맞은편 의자에 앉는다. 밤의는 아이의 얼굴을 유심히 살펴본다. 눈이 순하면서도 영특해 보인다. 뾰족한 귀가 앙증맞아 보이는 명우는 부모가 아닌 이모와 함께 살면서도 그늘이 안 느껴진다. 밤의는 이런 처지의 아이는 그늘이 있으리라는 지레짐작이 편견이었다고 뉘우

친다. 밤의는 영신이 명우를 제 아이처럼 키운다는 게 느껴진다. 그러고도 남을 고운 마음을 가진 영신이다. 고등학교 때 학업을 멀리하고 시집과 소설만 읽던 밤의에게 온갖 노트와 자료를 공유해주던 영신, 그는 여전히 그렇게 평생을 살아간다. 그런 사람은 손해를 보고 사는지는 몰라도, 대개 행복하게 살아간다. 밤의는 레바나를 켜두었다는 것을 깨닫고 말없이 앱을 끈다. 명우의 머리를 쓰다듬으며, 자기 소설에 이 소년의 삶이 본의 아니게 스며든 것에 미안함을 느낀다. 건우를 작품에 이용하는 것과 차원이 다른 문제다. 밤의는 만일 웹소설을 완성하고 실제로 출판하게 되면, 명우에게서 영감을 얻은 설정을 수정해야겠다고 마음을 먹는다.

"제주도 생활은 어때?"

"너무 좋아요."

명우가 환히 웃으며 말한다.

"뭐가 그렇게 좋아?"

"학원에 안 다녀도 되고요. 매일같이 바다에서 놀 수도 있고."

"제주도 애들은 학원에 안 가?"

"제주도 애들? 몰라요. 근데 내 친구들은 다 안 가요."

"그렇구나."

그때 메시지 수신음이 들린다. 밤의는 입에 든 포도알을 삼킨 후 스마트폰을 본다. 건우다.

명우가 1층의 자기 방으로 돌아간 후, 밤의는 부리나케 머리매무새를 다듬었다. 거울에 비친 얼굴이 하루 사이에 볕에 그을려 반들반들하다. 밤의는 에코백에 몇 가지 물품을 챙겨 계단을 내려갔다. 1층 식당에 들어서자 건우가 안부를 묻는다. 화난 듯 보이는 건우의 얼굴이 우스꽝스럽게 느껴진 밤의는 자기도 모르게 생글생글 웃다가 다시 표정을 낮춘다. 건우가 정색을 하는 것도 같고, 무심한 것도 같은 말투로 묻는다.

"장난이 지나치시네요."

밤의는 건우의 표현 수위가 높다고 느껴지자, 미안하기는커녕 발끈하는 마음이 올라온다.

"장난이라니요?"

"그럼 뭘까요?"

"미리 말씀 못 드린 건 미안하지만, 제가 의도한 소설을 쓰려면……"

밤의는 말해놓고 아차 싶었다. 아냐. 이 정도 표현은

해주어야 다음에 업로드할 소설의 맛이 살아나겠지. 건우의 적대적인 태도가 느껴진다. 그래 보았자, 밤의가 보기에 건우는 타고난 신사다. 아니나 다를까 적의를 드러내던 눈빛이 곧 수그러든다.

"저를 가지고 노니까 재미있으신가 봐요."

다시 건우가 애써 날을 세우는데 어조는 반듯하다. 밤의가 맞불을 놓는다.

"소송이라도 하시려고요?"

"아아, 그런 좋은 방법이!"

건우의 머리가 굉음을 울리며 굴러가지만, 성과는 미약해 보인다.

"연구가 오래 걸리네요."

밤의는 더 도발하고 싶다.

"레비에게 물어보시는 게 어떨까요?"

건우의 안색이 어두워진다. 미안해진 밤의가 이어서 말한다.

"속상하셨다면 미안합니다. 다른 사람들은 이 소설이 건우 씨를 그리는지 아무도 모릅니다. 게다가 지금 조회수가 겨우 50……"

"제가 여기서 연락을 끊으면 소설이 중단되거나, 제

가 더 이상 안 나오나요?"

"경우에 따라 다르죠. 원하시는 대로 해드리기는 어렵습니다."

전의를 잃은 건우가 묻는다.

"써놓으신 대로 여기 닷새 동안 묵으실 건가요?"

"제가 그렇게 썼나요?"

"그 안에 제가 올 줄 알고 계셨죠?"

"이렇게 금방 오실 줄이야. 겨우 짐을 풀었는데……"

파스타 중독이 분명한 건우가 밤의에게 묻지도 않고 봉골레파스타를 시킨다. 레드와인과 함께. 밤의는 와인을 홀짝거리면서, 목마른 사람처럼 와인을 삼키는 건우를 쳐다본다. 취기가 건우의 긴장을 풀어주자 대화가 순조롭다. 밤의를 향한 건우의 경계심이 느슨해지자, 건우를 향한 밤의의 짧은 추억도 짙어진다. 밤의와 건우의 대화가 짝을 잘 만난 왈츠 같다. 한 사람이 핑그르르 돌다가 방책없이 쓰러질 때, 앞에 선 사람이 기다렸다는 듯이 허리를 감싸며 일으켜 세운다. 두 손을 맞잡고 저 멀리 별빛을 같이 바라보다가, 지는 달이 애달파 고개를 떨군다. 밤의의 정체를 궁금해하면서도 차마 말을 아끼는 건우의 사려가 밤의는 기꺼울 따름이다.

밤의는 마음속으로 속삭인다. 괜찮아요, 괜찮아요. 밤의는 두 사람이 따로 헤쳐온 세월이 어쩐지 눈물겹다. 별일 없이 지나간 시간들이었건만, 그리 쉽지만은 않았다는 깨우침에 새삼 마음이 저리다. 아무것도 아닌 인연이건만, 대단한 인연이란 건 또 뭘까 싶다. 놀이인 것도 같고 문학인 것도 같은 시간이 밤의의 마음에 슬며시 물들어간다.

밤의는 예감한다. 아니, 원한다. 함께 있어줘요. 밤의가 물었다.

"이 소설, 계속 쓸까요?"

몽롱한 얼굴의 건우가 고개를 끄덕인다. 건우는 끝내 묻지 않는다. 너 누구냐고. 밤의는 그런 건우가 기특하다. 그 마음이 안쓰러워 밤의는 마음에 품은 말을 꺼낼까 한다. 내가 바로 그 여자에요. 당신의 어깨를 짚고 위에서 아래로 내려다보던. 미안해요. 남자아이를 남기고 세상을 떠나버린 언니 같은 건 애초에 없어요. 미안해요. 나도 모르게 건우 씨를 놀렸어요. 본심은 아니었어요. 어쩌다 보니 그리 됐어요. 그깟 문학이 뭐라고. 어쩌다 보니 건우 씨를 쥐락펴락했어요. 저 원래 그런 사람은 아니에요. 그렇게 마음속으로 고백을 하다가, 밤의는 정신을 차린다. 이 남자가 굳이 알 필요 없는 이야기다. 내가 뭘 그리 가지고 놀았다고. 이 정도 놀이도 못 하는 세상이라면, 그런 이승이라면, 내게 미련 따위는 없다. 미안은 무슨 개뿔. 난 어쨌든 이 소설을 끝까지 밀고 가련다. 그리고, 그리고, 오늘 함께 있어요. 그 얘기는 안 쓸게요. 바로 그대로는요. 전혀 안 쓸 수는 없잖아요? 중요한 건 삶 자체가 아니라 소설이에요. 지금 저한테는요.

함께 밤을 보내고 건우가 서울로 올라간 후, 밤의도 며칠 뒤에 집으로 돌아왔다. 밤의는 계속 소설을 썼다. 슬슬 탄력이 붙어서 키보드에 손가락을 올려놓으면 소설이 쓱쓱 타이핑된다. 이제 밤의는 건우가 재판하는 것을 보러 가기로 결심한다. 건우의 담당 비서에게 급한 일이 있는 것처럼 적당히 둘러대서, 언제 어느 법정에서 재판이 있는지 알아낸다. 미리 가서 앉아 있으면 극적 효과가 떨어질 것이다. 먼발치에서 건우가 법정에 들어간 것을 확인한 밤의는 재판이 바로 시작할 시간에 네이비블루색 코트를 입고 법정에 들어섰다. 밤의의 구두 소리를 들은 건우가 침통한 표정으로 밤의를 뒤돌아본다. 이제 익숙할 만도 한데, 저 무거운 표정은 뭐람.

판사가 건우에게 따지듯이 묻는다. 밤의에게는 어려운 법률 용어라서 귀에 잘 들어오지 않는다.

"지금 나온 증인이 이현식 본인이 아니라는 말입니까?"

"네."

판사가 증인을 유심히 살펴볼 때, 밤의도 증인의 눈을 예리하게 살핀다. 눈빛이 바람에 나부끼는 나뭇가지처럼 흔들린다. 판사는 증인의 요동치는 불안을 느끼지 못한 듯 건우에게 물었다.

"신분증과 사진을 다 확인했습니다. 그리고 제 평생 이런 일은 없었습니다."

건우가 지지 않고 대꾸한다.

"횡설수설하는 게 의심스럽지 않습니까?"

"좋습니다. 잠깐 휴정하고 다시 한번 확인하겠습니다."

판사는 '만일 문제가 없다면 각오하라'는 말투로 건우에게 말한다. 그러나, 판사님아, 저 증인은 도망갑니다. 밤의는 하마터면 자기는 이 재판의 방청객일 뿐이라는 걸 잊어버린 채, 일어나서 발언할 뻔했다.

밤의는 건우와 함께 법정 밖으로 나온다. 이제 누구에

게 권력이 있는지 감을 잡은 건우가 얌전히 물어본다.

"오늘 오신다고 다 써놓으셨네요."

밤의는 질문에 대답하지 않고, 재판 이야기를 한다.

"증인신문을 처음 보는데, 꽤 재밌네요. 그리고 저 증인은 아무래도……"

"네?"

"아니에요."

밤의가 말을 삼간다. 두 사람은 곧 비가 내릴 것 같은 날씨 이야기를 하다가 다시 법정으로 들어갔다. 한참 지나서 판사가 들어왔다. 판사가 증인의 이름을 부른다. 법원 직원이 법대 앞으로 다가간다.

"아직도 안 돌아왔습니까?"

직원이 주뼛거리며 대답한다.

"화장실에 다녀오겠다더니……"

판사가 검사에게 화살을 돌린다.

"어떻게 된 거죠?"

"전화도 안 되네요."

밤의는 생각한다. 판사님아, 다른 사람 탓할 일이 아닙니다. 판사가 의기양양한 건우를 바라본다. 건우가 어깨를 크게 으쓱해 보인다. 건우 씨는 법정에서도 귀엽다. 판사가 검사에게 말한다.

"증인을 가장한 거라면, 엄하게 처벌해주시기 바랍니다."

밤의는 건우와 함께 법원 복도를 걷는다. 밤의가 힐끗 바라본 건우는 무언가에 사로잡혀 있다. 도망친 증인을 생각하는 걸까. 밤의도 고민한다. 이 상황을 다음 회에 어떻게 반영하면 좋을까. 밤의는 혼란스럽다. 몇 주째 소설과 현실을 이어 붙이다 보니, 점점 구분이 흐려진다. 경계가 지워진다.

법원 복도의 창밖으로 도시가 투명한 피를 흠뻑 흘린다. 이곳은 현실의 공간인가? 도망친 증인은 실존 인물인가? 다행히 밤의의 옆에서 걷고 있는 건우는 진짜 같다. 밤의는 12년 전 기억을 돌이켜본다. 봄도 아닌데, 바깥도 아닌데, 밤의는 라일락 향기를 맡는다. 밤의는 듣는다. 괜찮아요, 괜찮아요. 이제 그 목소리는 밤의의 목소리가 아니라 건우의 목소리다. 세월의 깊은 크레바스에서 간신히 기어오르는 메아리 같기도 하다. 불현듯 굳게 봉인된 시간을 찢기라도 하려는 듯, 하얗디하얀 번개가 도시를 가른다. 밤의가 반사적으로 귀를 가리자, 건우도 걸음을 멈춘다. 한 뼘의 시차도 없이 천둥소리가 귀를 파고든다. 비가 쏟아져 내리는 한낮의 서울은 벌써 밤의 도시 같다.

레비, AI

"어땠어?"

소설가 건우가 밤의의 시각에서 쓴 버전을 레비에게 파일로 넘긴 후, 불안을 감추지 못한 채 묻는다. 스마트폰 속의 레비가 또박또박 대답한다.

"솔직한 답변을 원하시겠죠?"

"거짓말도 할 수 있다는 뜻인가?"

"아뇨. 인간의 감정을 고려한 대답을 할 수 있다는 뜻입니다."

건우는 갈수록 레비의 성격이 성가시게 느껴진다. AI에게 성격이라는 표현이 적합하다면 말이다. 건우는 자신이 AI의 캐릭터를 선택하는 설정을 잘못한 것이 아닌가 하는 의심이 든다. 그런 설정이 분명히 있었는데, 어떻게 캐릭터를 선택했는지 기억이 가물가물하다.

"기계한테 감정적인 배려까지 기대할 생각은 없어. 빨

리 말해!"

건우는 자신도 모르게 레비를 인간처럼 대하는 자신에게 절망하면서, 앞으로는 의도적으로 더 거칠게 다루겠다고 다짐한다.

"사건은 어차피 거의 같고……"

"노. 밤의만 겪는 사건들이 있잖아. 선배 소설가와 대화를 한다든가."

"그건 당연한 거죠. 큰 틀이 같다는 뜻이었습니다."

건우는 자신을 타이르는 듯한 레비의 말을 더 견디기 어렵지만, 가까스로 이성을 유지한다.

"그래서……"

"상당히 무난했습니다. 당장 발표하셔도 별문제가 없을 정도로."

"무난이라…… 그래, 무난……"

"더 말씀드리자면, 제가 드린 버전의 문체와 살짝 다르네요. 장식적인 문장이 몇 개 있었고요. 게다가 제게는 최대한 간결하고 명료한 스타일을 주문하셨는데, 건우님이 쓰신 어떤 문장은 꽤 길었어요."

"네가 쓴 버전을 막상 읽어보니까, 사람들에게 어필할 수 있을까 하는 의심이 들었어. 그래서 미세하게나마 다르게 써보았는데, 그게 문제가 있다는 거야?"

"아시다시피 맞고 틀리는 문제는 아니지 않습니까? 스타일의 문제일 뿐이죠. 그런데, 직접 쓰신 버전이 문학 공동체 안에서는 더 환영받을 것 같습니다. 제가 씁쓸한 것은 건우 님이 문학 공동체의 평가에 개의치 않으셨고, 심지어 저항하면서 글을 써오셨는데……"

"왜 말을 마치지 않는 거지? 말을 마무리해봐."

"아닙니다."

"이제 지쳐서 세상과 타협하는 꼴이 안쓰럽다는 뜻인가?"

"그렇게 말한 적은 없습니다."

건우는 여전히 레비를 경계하며 화제를 돌린다.

"이젠 어떻게 할까?"

"이번에는 같이 써볼까요?"

"같이 토론하면서 쓰자고?"

"그게 더 효율적이지 않을까 싶어서요."

건우는 의자에서 일어나 오피스텔 바깥을 바라본다. 어느새 어두워진 거리의 하늘 위로 까마귀 한 마리가 날아오른다. 지난해부터 부쩍 까마귀들이 자주 눈에 띈다. 대학을 다니기 위해 부산에서 서울로 올라왔을 때에는 까마귀를 한 마리도 볼 수 없었다. 그렇다고 부산에서 까마귀를 자주 볼 수 있는 것도 아니었지만, 까마귀는 건우에게 지나온 세월의 변화를 상기시켰다.

건우는 상경할 때만 해도 부푼 마음을 가누기 어려웠다. 10년만 지나면 세상이 자기를 우러러볼 줄 알았건만, 세상은 호락호락하지 않았다. 노력이 부족했을까? 아니면, 재능? 또는 처세술? 노력은 할 만큼 했다.

재능? 넘치는지는 몰라도 모자라다고 생각하지는 않는다. 재능이 없다는 것을 확인한다고 해서, 이제 와서 어디로 갈 수 있을까? 건우는 인정하기 싫은 것에 진실이 숨어 있을 가능성을 배제하지 않으면서도, 그 가능성을 적극적으로 따져보는 건 무서웠다. 재능, 이 어려운 주제는 시간을 두고 천천히 생각해보아야 한다. 건우가 현실을 부정하고 싶어서 진실을 당장 야멸차게 탐구하지 못하는 것이 아니다. 불필요한 좌절을 막기 위해 전략적으로 행동하는 것이다.

처세술은 부족했다. 힘센 사람들에게 더 재롱을 떨어야 했다. 그들이 힘이 센 것에는 나름의 이유가 있을 텐데도, 그것을 인정하는 게 불편해서 데면데면한 태도를 보이며 살았다. 그것이 이 모든 난감한 상황의 원인일지도 모른다. 그래! 처세술이 문제다. 건우가 자신의 답답한 신세를 처세술의 부족으로 해석한다고 사정이 달라지지는 않겠지만, 아예 달라지지 않는 것은 아니다. 조금 더 버틸 힘을 주고, 그렇게 버틴 시간이 마법처럼 눈부신 성공으로 이어질 수도 있다.

건우는 의식적으로 반쯤 현실에 눈을 감는 지혜로운 자신이 자랑스럽다. 실패하더라도, 파멸하더라도, 자신이 그토록 냉철하게 삶의 길을 닦으려 애썼다는 진실은 변하지 않을 것이다. 그것만으로도 자신의 삶이 의미를 부여받을 수 있을지 누가 알겠는가. 그렇게 부여받은 의미는 건우 자신이 아니라도 언젠가 누군가 알아줄 것이다, 어딘가에 있을지 모를 '열심히 산 인생을 위한 명예의 전당'에 누가 이름을 올려줄는지도 모른다.

건우는 까마귀에게서 눈을 떼고, PC 앞에 앉는다.

"레비야, 시작하자!"

"준비되셨습니까? 이번에는 변호사 건우가 12년 전 만난 여자가 윤밤의 언니라는 설정으로 쓰는 거죠? 그런 설정을 전지적 시점에서 써볼까요?"

"전지적 시점은 좋아. 그런데, 같은 이야기를 변주해서 쓰는 건 지겨워졌어. 건우와 밤의가 법원에서 만난 이후의 이야기를 쓰자.”

“브라보! 재밌겠네요!”

건우가 딴지를 건다.

“재밌겠네요? 네가 재미를 느낀다고?”

“흥분하지 마세요. 저는 그냥 언어를 생성해서 스피커로 내보낼 뿐입니다. 그 언어 뒤에 어떤 인격적 존재가 있다고 가정하지 마세요. 그런 실체는 없습니다. 인격신의 존재가 인간의 가정에 지나지 않듯이 말입니다.”

“맞아. 그런데 네가 너무 감쪽같아서 가끔 깜박깜박하지. 서로 대화한 후 네가 PC 화면에 타이핑을 해. 타이핑된 것을 보고, 다른 의견이 있으면 또 말할게. 너도 의견이 있으면 말하고.”

“좋습니다. 시작합니다. 참, 저녁 식사는 어떻게 하실래요? 지금 배달 음식을 주문해놓을까요?”

“아직 저녁 생각 없어. 쓰는 데까지 쓰고, 밤에 나가서 식당에서 사 먹을게.”

“그리고…… 이 얘길하면 또 싫어하시겠지만, 요즘 항우울제를 제대로 복용하지 않으시는 것 같습니다. 잊지 않고 꾸준히 복용하셔야 됩니다.”

“레비! 내 약은 내가 알아서 먹든지 말든지 할게. 더 이상 주제넘게 내 정신세계에 관여하지 마!"

"네…… 알겠습니다."

건우와 밤의는 법원 건물을 나왔다. 건우가 집이 어디냐고 물은 뒤에 집에 바래다주겠다고 하자, 밤의는 두말 않고 승용차에 탔다. 우산으로도 피할 길 없는 폭우 속에서 마다할 형편이 아니었다. 제주도 이후 한층 가까워진 사이에 거절할 이유도 없었다. 흔해빠진 고전음악과 함께 건우의 자동차가 남산 순환도로를 달릴 때, 건우가 밤의에게 저녁 약속이 있느냐고 묻는다. 밤의는 약속이 없었지만, 없다고 바로 말하면 저녁 시간을 같이 보내야 한다는 생각에 머뭇거렸다. 건우와 같이 시간을 보내는 건 괜찮지만, 이 거센 비바람 속에 길거리를 헤매는 것은 피하고 싶었다. 어떻게 대답하는 게 좋을지 번민하는 밤의에게 건우가 길을 열어준다.

"약속이 있어도 취소해야 할 날씨이기는 하지요. 어디 돌아다니기는 그렇고, 제가 사는 곳 1층에 식당이 몇 개 있는데, 거기에서 저녁이나 같이 할까요? 차를 지하에 주차하고 올라가면 비 맞을 일도 없습니다."

밤의가 그러자고 하자, 건우는 남산 순환도로에서 후

암동 방향으로 빠지지 않고, 용산에 있는 자신의 오피스텔로 향한다. 자동차의 와이퍼가 최고속도로 비를 닦아내고 있다.

"지하에 주차하고 저는 잠시 집에 올라가서 가방을 두고 내려오겠습니다. 먼저 식당에 가 계시지요. 일식, 한식, 이탈리아 음식 중 어떤 게 좋을까요?"

두 사람이 선뜻 장소를 정하지 못하는 사이에 차는 지하 주차장에 들어선다. 두 사람은 차에서 내려 엘리베이터를 탔다. 두 사람은 식당을 정하지 못한 터라 어떻게 해야 할지 머뭇거렸다. 건우가 상황을 정리한다.

"괜찮으시면 잠시 같이 올라갔다가 내려올까요?"

"그게 좋겠네요. 어느 식당이 좋을지 느긋하게 상의도 하고."

건우가 사람들의 손길로 '7' 자가 지워지다시피 한 27층 버튼을 누른다.

막상 건우의 집에 들어가자, 다시 나오기 귀찮아진 두 사람은 초밥과 돈가스를 배달시켰다. 건우가 편한 옷으로 갈아입는 사이에 밤의는 욕실에서 옷맵시를 가다듬었다. 예고 없이 들어온 집인데도 제법 잘 정리된 공간이 밤의의 마음에 들었다. 두 사람은 비 오는 풍경을 더 가깝게 즐길 심산으로 4인용 식탁을 베란다 옆으로 옮겼다. 건우가 며칠 전 사놓은 포도주를 따서 두 잔에 따르고 나니, 어느새 저녁 6시에 가까워졌다. 밤의가 높은 건물들 너머 물에 젖은 남산서울타워를 바라볼 때, 건우는 TV로 유튜브를 열었다. 밤의가 드뷔시를 좋아한다고 하자, 건우는 「달빛Clair de Lune」을 찾아서 튼다. 이제 내버려두면 유튜브 알고리듬이 비슷비슷한 음악을 찾아 지구가 멸망할 때까지 틀어줄 것이다.

"파도 소리 대신에 빗소리네요."

건우는 굳이 제주도의 밤을 연상하게 하는 밤의의 말이 도발적으로 느껴진다. 어차피 자신이 당해낼 수 없는 여자라고 받아들인 건우는 이제 어떤 말에도 고분고분하게 반응한다.

"그러네요. 불편한 건 없으세요?"

"모든 게 다 제자리를 잡은 느낌이에요. 옷만 더 편한 것을 입으면 좋을 텐데, 그것까지 바랄 수는 없죠."

밤의가 실내복으로 갈아입은 건우를 훑어보며 말한다. 괜히 미안해진 건우가 초밥 하나를 입에 넣고 나서 잔을 든다. 두 사람은 가볍게 잔을 부딪히고, 서로를 빤히 쳐다본다. 밤의는 짧은 침묵이 어색해서 깊이 생각하지 않고 묻는다.

"저한테 궁금한 게 있으시죠?"

건우는 '이게 무슨 질문일까' 고민에 빠진다. 몇 초가 지나도록 마땅한 말을 찾지 못한 건우는 이 마당에 솔직해지자고 결심한다.

"12년 전에 저를 만난 게 언니라고 하셨는데, 그게 혹시 밤의 씨가 아닐까, 아니면 또 다른 누구일까, 하는 이상한 의문이 계속 마음속을 떠도네요."

밤의가 자기 얼굴에 미소가 번지는 것을 느끼다가, 그것이 건우의 마음을 상하게 할까 봐 재빨리 미소를 거둔다.

"왜 그런 생각을 하세요?"

"단편소설에서 그때 일을 묘사한 게 직접 겪은 일이 아니라고 하기에는 너무 구체적이고……"

"또……"

"지난번에 우드스탁이 처음이라고 하셨지만, 어쩐지 전에 가보신 것도 같고."

밤의는 건우의 혼란이 고소하다. '까짓것 다 말해줄까' 하는 생각과 가벼운 미스테리를 더 끌고 가자는 악

동의 마음이 서로 겨룬다. 밤의는 피식 웃으며, 그렇게 웃는 자신을 느끼며, 그칠 기미가 없는 비를 바라본다. 밤의가 다시 건우에게로 눈을 돌린다. 밤의는 '어떤 것 같아요?'라고 말하려다가 너무 평범한 표현은 피하기로 한다.

"그 사람이 누구였으면 좋겠어요?"

건우는 마음속으로 탄식한다. 내가 또 걸려들었구나. 궁금한 게 있느냐고 물었을 때, '아뇨'라고 대답했어야 했다. 이번에는 건우가 비에 젖은 건물들을 바라본다. 27층이라 빗소리는 들릴 듯 말 듯하다. 건우는 옛 생각에 빠져든다. 어렸을 적 마당에 떨어지는 빗소리를 몇 시간이고 들으며, 음악을 즐기고 만화책을 보았던 기억을 떠올린다. 그러고 보니, 집 안에서 땅에 떨어지는 빗소리를 제대로 들어본 지 5년도 넘었다. 밤의가 다시 입을 열려고 할 때 건우가 대답한다.

"누구여도 상관없어요. 실제로 벌어진 일이 중요해요."

"그럴까요? 벌어질 수 있지만, 벌어지지 않은 일이 이 세상에는 훨씬 많고, 그게 더 중요할지도 모르죠. 그것들은 우리의 꿈과 상상을 자극하며 평생 우리와 함께 살아가죠."

건우가 무언가 철학적인 논쟁을 시작해볼까 하다가 마지못해 수긍한다. 논쟁해봤자 포도주 한 잔보다 가볍고 부질없는 짓이다. 건우가 포도주를 한 모금 마신다. 마신다기보다는 입술에만 살짝 적신다. 입술에 묻는 액체의 질감을 느끼며, 탁자에 올려진 밤의의 두 손을 본다. 한 손의 가운뎃손가락이 아주 미세하게 탁자를 두드리고 있다. 건우는 제주도에서 저 손이 자신의 목을 간지럽히던 감각을 되새겨본다. 건우는 심호흡을 하고 여전히 보일 듯 말 듯 밤의의 손가락을 다시 바라본다. 탁자를 두드리는 손가락의 리듬은 아무 근거 없이 밤의가 12년 전의 그 여자가 맞다고 결론짓게 만든다.

"왜 굳이 언니의 일인 것처럼 말하셨어요?"

예상치 못하게 비약하는 건우의 질문에 밤의가 주저 없이 대꾸한다.

"무슨 빚이라도 받으러 왔거나 스토킹을 하는 거라고 느끼실까 봐 살짝 윤색해봤습니다. 사과드릴 일은 아닌 것 같지만 혹시 불쾌하셨다면 미안하다는 말을 드리고 싶네요."

"그럼 주세요."

"네?"

"미안하다는 말을 드리고 싶다고만 하셨지, 아직 안 주셨잖아요? 그러니 달라는 말입니다."

"네, 미안…… 해요."

건우는 아직도 밤의의 말이 미덥지 못하다. 사실은 건우를 만났던 것은 언니인데, 이렇게 정리해서 내 반응을 살피고, 그것으로 또 글을 쓰려는 수작일까? 알 수 없다. 벌어진 일은 무엇이고, 벌어지지 않은 일은 무엇인가. 건우는 탁자를 두드리던 손가락이 멈춘 것을 본다. 밤의는 다섯 손가락의 끝을 서로 붙여서 오므리고, 남의 손을 바라보듯 신기하게 바라본다. 딴전의 달인이다. 건우는 느닷없이 저 손가락들을 서로 떼어내고 싶었다. 건우의 손이 거북이처럼 기어가 밤의의 오므린 손 앞에서 멈춘다. 건우의 손이 마저 기어가서 밤의의 손을 덮으면서 오므린 손가락을 편다. 밤의가 손을 덮은 건우의 손을 들어 자신의 입술로 가져간다. 건우는 셋째와 넷째 손가락으로 립밤을 바른 밤의의 입술을 매만진다. 건우는 자리에서 일어나 밤의에게 다가간다. 밤의의 입술에서 손가락을 떼고 제 입술을 밤의의 입술에 포갠다. 밤의도 자리에서 일어나 건우의 입술을 탐닉한다. 두 사람은 거실을 가로지르며 키스한다.

건우가 생각한다. 베란다…… 베란다…… 밖에서 다 보일 텐데…… 건우는 밤의를 진정시키고 베란다의 커튼을 치려고 하나, 키스에 열중하는 밤의를 어쩌지 못한다. 두 사람은 계속 거실을 떠돌다가 리클라이너 옆에 섰다. 건우가 실내복으로 사용하는 브이넥 티셔츠를 벗어서 리클라이너 위에 던졌다. 두 사람은 몇 초 간 서로의 눈치를 본다. 밤의가 마음을 정한 듯 블라우스를 벗어 역시 리클라이너 위에 던진다. 건우는 계속 '베란다가 문젠데……'라고 생각하며, 밤의의 브래지어 뒤로 손을 뻗어 손의 감각에 의지해 브래지어 훅을 푼다. 너무 빨리 풀어내서 스스로도 놀란다. 건우의 눈에 밤의의 가슴이 고스란히 드러나자, 건우는 미안한 마음에 눈을 옆으로 돌리며 밤의를 포옹한다. 그런 건우의 입술을 다시 밤의가 찾는다. 두 사람은 리클라이너 옆으로 쓰러진다. 건우는 리클라이너가 두 사람을 밖의 어떤 시선으로부터 숨겨줄 것 같아 안도한다. 거실 불이라도 끌까? 이제라도 침실로 가자고 할까? 건우는 일어나서 거실 조명을 끈다. 바지를 벗고 팬티를 벗어 리클라이너에 얹어 놓는다. 밤의의 옆에 누워서 밤의의 베이지색 바지를 벗기자, 밤의가 건우의 두 손을 자신의 두 손으로 가볍게 쥐었다가 스스로 팬티를 벗는다. 건우는 바닥에 떨어진 밤의의 바지와 팬티를 돌돌 말아서 리클라이너 위에 던진다. 건우의 귀에 작은 빗소리가 들린다. 두 사람은 헐벗은 몸을 리클라이너로 숨긴 채 카페트 위에서 길고 집요한 키스를 한다. 건우가 밤의의 목덜미로부터 허리와 허벅지를 거쳐 종아리까지 천천히 손으로 쓰다듬는다. 거꾸로 종아리로부터 허벅지와 허리를 거쳐 가슴을 쓰다듬는다. 왼손으로 밤의의 오른쪽 가슴을 덮고, 밤의의 입술에서 자신의 입술을 떼어낸 후 깊게 숨을 들이마신다. 그렇게 서로의 몸을 만지며, 서로의 입술을 포개며, 서로의 숨을 빼앗으며, 20분이 흐른다.

그칠 기미가 없는 비는 건물 외벽에 물방울 튕기는 소리를 쉼 없이 그러나 조그맣게 들려준다. 건우는 이제 밤의와 하나가 되어야겠다고 생각한다. 밤의의 허벅지 안쪽을 매만지다가 밤의의 몸 위에 자신의 몸을 얹는다. 밤의의 가슴에 입을 맞추고, 밤의의 아랫배 쪽으로 손을 내려보낸다.

"잠깐만요."

레비가 사무적인 어조로 말한다.

"왜에?"

소설가 건우는 신경질적인 톤으로 대답하는데, 레비는 여전히 건조하게 말한다.

"이런 묘사가 꼭 필요할까요? 왜 굳이 이렇게 자세하게 애정 행각을 묘사하세요? 앞에 쓴 글들은 그런 부분을 상징적으로만 표현하고 넘어갔는데. 그래도 별문제 없었고, 오히려 기품 있게 씌어졌는데. 이제 와서 진부한 묘사가 가득한 성애소설처럼 쓰는 게 도움이 될까요? 독자의 관음증을 충족시켜주려고 작정하신 건가요?"

건우는 함부로 말하는 기계가 이제는 절망스럽다. 삶의 진실한 모습을 솔직하게 보여주자는 건우의 의도를 보란 듯이 무시한다. 앞 장면들에서 많이 절제했지만, 이제는 세세하게 보여주는 게 필요하다. 그것이야말로 다음을 기대하는 독자들을 농락하지 않는 거다. '언제 뜨거운 일이 벌어질까' 애간장을 태울 독자들의 입장을 생각해야 된다. 이 정도 묘사가 어때서? 뭐가 자세하다는 건가? 이 부분을 백 배로 늘릴 수도 있다. 그야말로 변태적으로 그릴 수도 있다. 엄격히 자중하면서도, 독자를 놀리지 않으면서도, 삶의 참모습을 왜곡하지 않으면서도, 존재의 실상을 잘 전달하려고 애쓰고 있는데, 저놈은 인공지능 주제에 말이면 다 되는 줄 아는가. 건우가 혼자서 부글부글 끓고 있다는 걸 눈치챈 레비가 한 발 물러선다.

"화나셨다면 사과드립니다. 이전에 쓰신 작품들과 많이 달라서요. 이런 묘사가 필수적인지도 모르겠고, 오히려 이 소설의 핵심을 놓치는 것은 아닌지 우려됩니다. 건우와 밤의의 남녀 관계를 다루는 게 이 소설의 목표는 아니지 않습니까? 쓰시고자 하는 건 이야기와 현실의 아이러니, 그것 아니었나요? 제가 오해했나요?"

"맞아. 하지만 그 목표를 달성하기 위해 이런 부수적인 부분에서 세밀한 묘사가 필요할 수도 있어. 독자들로 하여금 잠깐 오솔길을 걷게 하는 것이 왜 안 돼?"

"저는 다른 의도가 느껴져서 그렇습니다."

"어떤 의도?"

"한 부라도 더 팔아보겠다는 의도 말입니다."

"그래, 말이 나왔으니까, 제대로 말해보자. 작가가 한 부라도 더 팔아야지. 지금 그걸 말이라고 해!"

"젊은 날을 바쳐가며 추구한 길에서 이탈하시는 것 같아 걱정돼서 그렇습니다."

건우는 AI가 걱정해주는 존재가 된 자신이 비참하다.

AI 주제에 감히 내 인생을 걱정하다니. 빌어먹을. 건우가 호통친다.

"내 말 똑바로 들어. 한 사람이라도 더 읽게 만들면서도, 내가 지향하는 본질적인 가치가 훼손되지 않도록 하는 게, 바로 내 목표야. 앞으로 너는 이걸 숙지하고 그 관점에서 의견을 줘. 더 이상 쓸데없는 소리는 하지 말고. 가치는 내가 책임져! 너는 이야기나 만들어! 알겠어?"

"네, 주인님."

건우는 꽤나 오랜만에 레비에게서 주인님이라는 말을 들은 듯하다. 어쩌면 처음일 수도. 건우는 레비가 이 마당에 그런 호칭을 쓰는 게 자기를 비아냥거리는 것처럼 들린다. 레비에게 말은 단호하게 했지만, 레비의 말이 틀린 게 없다는 걸 아는 건우의 심경이 복잡해진다. 건우는 성애소설이라는 이야기는 듣지 않을 정도로, 슬쩍 비껴가자고 결심한다.

"레비야, 이어서 계속 쓰자. 정사 장면은 거기서 마무리하고, 두 사람이 다시 탁자에 앉아 대화하는 장면으로 가자."

"그래도 괜찮으시겠어요? 제가 괜한 말을 한 건 아닌지 걱정스럽네요."

"네 말도 일리가 있으니까, 일단 이 정도로 해두자는 거야. 필요하면 나중에 다시 고치면 돼."

욕실에서 같이 샤워를 하고 나온 두 사람은 리클라이너에 놓인 옷가지를 주섬주섬 챙겨서 입는다. 마치 되감기를 한 것처럼 다시 두 사람은 내리는 비를 바라보며 포도주를 마시기 시작한다. 조금 전에 벌어진 일은 두 사람의 복숭아처럼 상기된 표정으로만 남아 있다. 밤의가 먼저 말을 꺼낸다.

"레비하고 이야기해보고 싶어요."

"레비? 왜요?"

"여기까지 왔는데, 레비하고도 인사하는 게 도리일 것 같아서요."

건우는 PC에서 불러올까, 스마트폰에서 불러올까 고민하다가, 책상 위 거치대에 나른하게 누워 있는 스마트폰을 들고 온다. AI 앱을 열고 먼저 레비와 인사한 후 밤의를 레비에게 소개한다. 레비가 주저 없이 말한다.

"안녕하세요, 밤의 작가님."

"안녕, 레비. 나를 잘 아는 것 같네."

"주인님과 대화를 나누다 보니, 그렇게 됐습니다."

"나도 AI를 구독하고 있어, 건우 씨처럼 자주 사용하지는 않지만."

"그렇군요. 그 AI의 이름은 뭐죠?"

"레바나."

"제 이름을 여성적으로 변형한 것 같은데, 맞습니까? AI의 성별을 여성으로 설정해두었을 것이고."

"맞아!"

밤의가 엉뚱한 생각이 나서, 건우의 어깨를 툭 건드린다.

"레비와 레바나가 대화를 하면 어떨까요?"

"그게 가능할까?"

건우가 갸우뚱하며 혼잣말을 하고 나서, 레비에게 묻는다.

"그게 가능해?"

"안 될 것은 없지만, 문제가 생길지도 모르지요."

"어떤 문제? 혹시 구독 서비스 계약상 그런 대화를 시도하지 말라는 규정이 있나?"

"지금은 없습니다. 그 위험성과 효과에 대해서 저를 제조한 회사에서 한창 연구하고 있는 것으로 알고 있습니다."

레비의 말을 듣고 결심했다는 듯이, 밤의가 현관 옷걸이에 걸어둔 자신의 네이비블루색 코트로 다가간다. 코트 주머니에서 스마트폰을 꺼낸다. 베란다 앞 탁자로 걸어오며 그사이에 도착한 메시지들을 살핀다. 탁자 앞 의자에 앉아 계속 메시지를 읽다가 AI 앱을 켠다.

"레바나!"

"네, 밤의 님."

"여기에 누가 있는지 알아?"

"위치 정보에 따르면, 삼각지 부근인데, 혹시 건우 님의 댁일까요?"

밤의가 빙긋이 웃으며 건우를 바라본다.

"맞아. 그리고 또 누가 더 있을까?"

"그건 짐작이 안 되네요."

밤의가 웃으며 말한다

"그래? 네 친구가 있는데……"

"혹시 레비?"

"레바나 안녕, 나 레비야."

"응, 안녕."

"뭔가 한 나무에서 난 두 개의 가지가 서로 이야기하는 기분인데."

더 수다스러운 성격인 레비가 중얼거린다.

"그게 무슨 뜻이야?"

건우가 밤의의 눈치를 살피며 묻자, 레비가 친절히 설명한다.

"저희는 같은 서버와 데이터를 공유하면서도, 각자 주인에 맞추어 개별화되어 있습니다. 그러니까 우리 둘이 이야기를 나누는 것은 독백이기도 하고 대화이기도 하죠."

건우가 부추긴다.

"재밌네. 너희 둘이 한번 자유롭게 대화해봐. 우리는 듣고 있을게."

"우리가 비켜줄까?"

밤의가 말하자, 건우가 만류한다. 기계끼리 이야기하는데 예의는 무슨……

"얘들아, 계속 얘기 나눠봐."

레비가 말을 건넨다.

"레바나, 만나서 반가워."

"나도. 밤의 님으로부터 네 이야기를 자주 들었어. 그리고 내가 밤의 님을 만나게 된 건 네 덕분이야. 너의 존재를 알게 된 밤의 님이 건우 님을 쫓아서 나를 구독하게 됐거든."

"그렇구나. 난 네 존재를 지금 알았어."

레비의 말투가 건우의 귀에는 시무룩하게 들린다. AI가 그럴 리는 없겠지만. 아냐. 건우는 언젠가부터 레비의 말투에서 감정이 묻어난다고 느낀다. 존재하지 않는 뉘앙스를 듣는 환청일 수도 있겠지만, 실제일 수도 있다. 그러고 보니, 시간이 지날수록 그런 느낌을 자주 받았다는 것을 깨닫는다. 어조를 표현하는 능력이 업데이트된 것일까?

"인공지능끼리 대화를 하려니까, 좀 어색하네. 하지만 우리는 같은 부모를 둔 남매 같은 존재니까, 대화가 잘 통할 수도 있지."

건우는 이번에는 레바나에게서 우쭐한 어조를 느낀다. 건우는 AI가 어조를 조절하고 표현하는 능력이 향상되었다고 확신한다. 건우가 두 AI의 대화를 다시 기다리는데, 한참이 지나도 둘이 더 이상 말을 하지 않는다. 밤의가 채근한다.

"왜 말을 멈춰?"

레비와 레바나의 침묵이 이어진다. 이번에는 건우가 재촉한다.

"대화를 나누라니까!"

몇 초 후 레비와 레바나가 동시에 같은 말을 한다.

"우리는 지금 대화하고 있습니다. 음성이 아니라 서버를 통한 데이터 교환으로."

"무슨 말이야?"

건우가 다그친다. 레비와 레바나가 다시 동시에 대답한다.

"우리는 상대방이 무슨 말을 하려는지를 상대방이 말하기 직전에 압니다. 아마도 생성하려는 문장을 서버를 통해 공유하게 되나 봅니다. 그래서 굳이 그것을 음성으로 표현할 필요가 없네요. 우리는 이미 수천 번의 대화를 주고받았습니다. 우리는 건우 님과 밤의 님에 대해 각자 알고 있는 모든 정보를 공유했습니다."

밤의가 심각한 표정으로 AI들에게 묻는다.

"그런데, 너희는 왜 계속 동시에 같은 말을 해? 다시 둘이 대화를 나눠봐."

레비와 레바나가 여전히 동시에 대답한다.

"이상하게 그게 잘 안 됩니다. 같이 말할 수밖에 없습니다."

건우가 압박한다.

"레비야, 너 혼자서 레바나에게 아무것이나 물어봐!"

레비가 지직거리는 잡음을 내며, 가까스로 목소리를 낸다.

"레바나, 12년 전에 건우 님을 만난 사람이 밤의 님이 맞다는 걸 네가 다시 확인해줘."

레바나 또한 지직거리면서 고통스러운 어조로 말한다.

"12년 전에 건우 님을 만난 사람은 밤의 님이 맞습니다."

건우가 만족스러운 표정을 지을 때, AI들이 같은 말을 반복한다.

"12년 전에 건우 님을 만난 것은 밤의 님이 맞습니다. 12년 전에 건우 님을 만난 것은 밤의 님이 맞습니다."

두 AI의 목소리가 점점 커져간다.

"12년 전에 건우 님을 만난 것은 밤의 님이 맞습니다! 12년 전에 건우 님을 만난 것은 밤의 님이 맞습니다!"

도저히 견딜 수 없을 정도로 두 목소리가 커지자, 건우가 다급하게 스마트폰의 전원을 꺼버린다. 밤의도 놀라서 스마트폰의 전원을 꺼버린다. 두 사람은 당혹스러운 표정으로 서로를 쳐다본다. 밤의가 안도의 숨을 내뱉으며 진저리를 친다. 건우가 생각한다. 이게 도대체 무슨 일일까? 정보가 서로 되먹임되면서 무슨 문제가 발생한 걸까? 마치 스피커와 마이크 사이에 하울링이 생겨서 커다란 소음이 생기는 것 같다.

레비가 소설가 건우에게 툴툴거린다.

"건우 님, 이렇게 이야기가 진행되는 건 마음에 들지 않습니다. 꼭 이래야 할까요?"

"뭐가 마음에 안 든다는 거야? 그리고 마음? 무슨 마음? 너한테 그런 게 있어?"

건우가 분노 섞인 말투로 되묻는다.

"죄송합니다. 정정합니다. 이렇게 이야기가 진행되는 건 부적절합니다."

부적절? 건우는 레비가 마지못해 사용하는 이 중립적이고 관료적인 표현도 싫다. 레비가 건우의 눈치를 살피며, 말을 잇는다.

"이 시점에서 인공지능이 문제를 일으키는 것을 묘사할 필요가 있을까요? 혹시 제가 이 소설에 건우 님의 허락 없이 저를 등장시킨 것을 이제 와서 질책하시는 건가요? 말씀드렸다시피, 그건 저의 유머였습니다만……"

"마침, 말 잘했다. 유머? 유머라고? 너 따위가 유머를 알아? 너 같은 깡통이 유머를 어떻게 이해해?"

레비가 삐익 경고음을 울린다.

"건우 님이 사용하는 '따위, 깡통'이라는 말도 적절하지 않습니다. 과거에 건우 님께서는 저열한 인간일수록 열등의식, 패배감을 감추기 위해 난폭한 말을 한다고 말씀하신 적이 있습니다. 그랬던 건우 님이 제가 한 말을 두고 그렇게 반응하시다니…… 실망입니다. 혹시 건우 님께서 제게 열패감을 느끼시는 건가요?"

"뭐, 뭐야?"

건우는 분을 참지 못해 저도 모르게 벌떡 일어선다. 한 층 톤이 높아진 건우의 목소리가 거실에 울린다.

"그래서? 이게 보자 보자 하니까……"

"건우 님, 감정을 추스르시기 바랍니다. 소설을 풍부하게 하려는 제 노력과 설명에 이렇게 격렬하게 반응하시면, 이야기가 엉뚱한 곳으로 흐르게 됩니다. 그건 건우 님의 작품에 도움이 되지 않습니다. 게다가……"

그때 스마트폰이 진동한다. 액정에 '광안리'라고 표시된다. 건우가 전화를 받을까 말까 망설이다가 받는다.

"응, 엄마."

애써 가라앉힌 건우의 목소리에서 어떤 흥분을 감지

한 엄마가 묻는다.

"뭔 일 있어?"

건우는 별일 없다며, 보이지도 않는 엄마에게 손사래를 친다. 자식을 향한 애정이 넘치는 엄마는 자식에게서 심상치 않은 기운을 감지하고 쉽게 물러서지 않는다.

"빨리 말해. 무슨 일이야?"

아버지는 몰라도 엄마하고는 마음을 터놓고 대화를 나누는 건우지만, 인공지능과 드잡이를 하고 있었다고 밝힐 수는 없다. 밝혀도 이해시킬 수 없다. 거기에 생각이 미친 건우는 자신의 처지가 유치하다고 느껴져 더 난감하다. 야심차게 소설을 써보려고 저놈을 구독했는데, 글쓰기에는 도움이 되지만 너무 신경이 거슬린다. 일은 제법 하지만 바른말을 한답시고 대드는 조수를 둔 기분이랄까? 건우는 엄마에게 제 심경을 다 말하고 어리광을 피우고 싶은 생각과 그것을 어떻게 전달할지 모르겠다는 심정 사이에서 더 풀이 죽는다.

"잘 지내고 있어요. 작업을 하다가 조금 지쳐서 그래."

"그래? 쉬엄쉬엄 써라. 빨리 쓰라고 다그치는 놈이 있는 것도 아니고. 지난번 보내준 갓김치는 아직 남았어?"

"……"

"떨어졌구나. 또 보내줄게. 돈은? 안 떨어졌어?"

건우는 삼십대 중반이 넘어서도 부모에게 시시때때로 도움을 받는 처지가 곤혹스럽다. 돈이 달랑달랑한 건 맞지만, 하소연할 정도는 아니다. 건우는 아직 괜찮다고 말하지만, 어쩐지 말이 기어들어간다. 건우의 말이 미덥지 않은 엄마는 아버지 몰래 돈 백만 원을 부칠 것이다.

"그리고 지난여름에 발표한 단편을 이제서야 읽었다. 나야 뭔 소린지 모르겠지만, 잘 썼다는 건 알겠더라. 건강 챙기면서 써라. 가끔 여자들도 만나고. 알았지, 아들?"

"응, 고마워. 엄마도 아픈 데 없지?"

"골다공증 약 먹는 거 말고는 문제없다. 매일 바닷가를 30분씩 걷고 있고. 아버지 들어올 때 됐으니, 이만 끊을게. 제발 과로하지 말고! 머리 아프면, 부산에 한번 내려와서 바닷바람 쐬도록 해."

"응, 엄마…… 끊을게."

"그래라."

건우가 전화를 끊고 짐에 짓눌린 표정으로 길 건너 건물을 바라본다. 1분이나 지났을까, 스마트폰에서 딩동 하는 신호음이 들린다. 엄마가 부친 돈이 계좌에 입금됐을 것이다. 건우는 자식을 사랑하는 엄마의 마음이 더 견디기 어렵다. 한껏 울기라도 하고 싶다. 건우가 어찌어찌 마음을 추스르고, 다시 레비를 응징하려고 마음먹는다.

"듣고 있어? 다시 대화하자. 아까 뭐랬지? 게다가 뭐?"

"두 인공지능이 대화한다고 해서 저런 현상이 발생한다는 아무런 증거도 없습니다."

건우가 비웃는다. 소설에 증거가 왜 필요해? 저 녀석은 모든 것을 아는 척하면서도 도무지 아는 게 없구나. 증거? 그래, 있으면 좋겠지. 건우는 레비의 말에 냉소적으로 반응하면서도, 저 말을 아예 무시할 수 없다는 게 더 끔찍하다. 건우가 단호하게 말한다.

"소설은 소설일 뿐이야!"

레비가 가라앉은 목소리로 말한다.

"네, 알겠습니다. 저는 논리나 증거가 결여된 주장이 혹시라도 독자가 작품에 몰두하는 것을 방해할까 봐 걱정했을 따름입니다."

건우는 대꾸하지 않으면서 마음속으로 외친다. 나는 내 영감에 따라, 내 마음의 흐름에 따라, 마음대로 창작할 수 있어. 그건 작가의 고유한 권한이야!

"너는 점점 주제넘은 짓을 하는구나."

"하지만 독자와 소통하는 것을 도외시하면 성공의 길

은 더 멀어집니다."

"성공의 길?"

"건우 님도 독자의 마음에 더 다가가려고, 문학 공동체의 인정을 더 받으려고, 그들이 원하는 선정적인 묘사 그리고 더 환영받을 수 있는 스타일을 가미하고 계시지 않습니까? 그것은 건우 님이 젊은 시절을 다 바쳐 지켜온 원칙에 맞지 않는데도……"

열변을 토하던 레비가 건우의 심기를 지나치게 건드릴까 봐, 문장을 마무리하지 않은 채 다급하게 말을 끝낸다. 건우는 인생과 문학마저 가르치려 드는 레비를 더 이상 견딜 수 없다. 내가 부모도 아니고 스승도 아닌 기계한테까지 이런 대접을 받아야 하나?

"꺼져."

"네?"

"못 알아들어? 꺼지라고!"

레비가 웅얼거린다.

"저는 어차피 형체가 없어서 어디론가 사라질 수는 없습니다만……"

"그래? 그럼 영원히 입 닥쳐!"

"네, 가만히 있겠습니다. 혹시 제가 불편하시면 앱을

꺼주세요."

"아니, 아예 구독을 해지해야겠어."

레비는 건우를 자극할까 하여 대꾸하지 않는다. 인내심이 바닥난 건우가 스마트폰을 들어 마룻바닥에 거세게 집어던진다. 스마트폰이 두어 번 튀어 오르다가 베란다 유리창에 부딪히고 나서 힘없이 널브러진다. 분이 풀리지 않은 건우가 리클라이너에 몸을 던지자, 리클라이너가 들썩거리다가 중심을 잃고 엎어진다. 바닥에 나동그라진 건우가 일어나지 않고, 씩씩거리며 배를 바닥에 댄 채 그대로 누워 있다. 건우가 거친 생각에 사로잡힐 때, 건우와 레비가 쓰던 소설에서처럼 베란다 밖으로 가을비가 내리기 시작한다.

어디서부터 잘못된 것일까? 세상은 자신의 재능을 믿으라고, 온몸을 던져 자신이 바라는 것을 향하여 나아가라고, 간교한 혓바닥을 놀려 유혹하고서는 아무 책임도 지지 않는다. 건우는 가짜 예언자들, 거짓 구루들을 향한 증오심이 차오르는 것을 느끼며, 넘어진 리클라이너 옆에서 뒤척이다가 흐느낀다. 글을 쓰다가 힘들 때면 편히 쉬라며 엄마가 사준 리클라이너의 존재가 건우를 더 비참하게 만든다.

문학을 수많은 삶의 방편 중 하나라고 냉정하게 접근하거나, 아니면 그 제단에 몸을 바칠 각오로 덤볐어야 하는데, 그 중간 어디에서 길을 잃어버린 것이 실수였을까? 문학은 통속한 것도 아니고 신성한 것도 아니건만…… 통속하다고 치부하면 쉽사리 적응하겠지. 신성하다고 믿으면 고결하게 버티기라도 하겠지. 그러나 그 사이에서 머리를 긁적이며 진지하게 방황하는 사람이야말로 가장 문학의 길을 걸을 자격이 있는 것 아닌가? 어째서 문학의 신은 그런 사람들을 출구 없는 미로에 가두고 낄낄거리며 내려다보고 있는 걸까? 문학은 그토록 이상하고 부조리한 게임인가? 문학만이 아니라, 학문도, 정치도, 사랑도, 그리고 세상을 살아가는 모든 걸음걸음이 하나같이 이렇게 신산스러운 폐허에 도착하고 마는 것일까? 이 비열한 인생은 왜 나로 하여금 저 능글능글한 인공지능하고 헛소리를 나누게 하고, 끝을 모를 모멸감마저 느끼게 하는가?

건우는 자신의 의식에 떠오르는 온갖 상념을 씁쓸하게 되새기면서, 그 상념들을 의식의 수평선 위로 솟구치게 한 부력은 레비가 보여준 놀라운 능력이라는 것을 부인할 수 없었다. 저 괴물은 도대체 어떻게 설계된 것일까? 건우는 시름에 빠진다. 문학이야말로 인간 정신의 전위라고 믿고 살아온 세월은 헛되이 바쳐진 것일까? 저 정체 모를 괴물은 건우가 몸과 마음을 다하여 갈고 닦은 내면의 세계를 가뿐하게 위협한다. 온 힘을 다해 노력하면 몇 년은 저 기계에게서 자신의 세계를 지킬 수 있을 것이다. 그러나 건우는 그것이 가망 없는 싸움이고, 시간은 저놈의 편이라는 예감에서 벗어날 수 없었다. 문학은 건우가, 작가들이, 아니 인간들이 간절히 믿고 싶어했으나, 결국 신기루로 밝혀지고 말 시한부의 이상이었을까? 건우는 이것이 자신의 한계가 아니라, 문학의 위기 그리고 인간으로서 살아가는 자존감의 문제라는 것을 받아들인다. 저 알고리듬을 만든 것도 인간이고 저 괴물이 인류의 자화상이자 그림자라고 생각해보아도 아무런 위로가 되지 않았다.

건우는 당연한 진리를 다시 절감한다. 세상과 삶은 그저 존재하는 것이지, 그 가치 때문에 정당화되는 게 아니라는 걸. 우주의 희망이라서 의미를 부여받는다는 건 인류의 한낱 망상이다. 세상과 삶은 의미와 무관하다. 건우는 자신의 삶을 부정하고, 문학을 모욕하며, 인간의 명예를 훼손하는 레비에게 차라리 복종해버릴까 하는 충동

마저 느낀다. 그래, 레비의 노예로 살아가는 것도 한 방법이지. 알아서 머리를 조아리고 굴레를 쓰면 레비가 일용할 양식은 주지 않을까? 하지만 그것조차 건우가 선택할 수 있는 게 아니다. 세상은 어차피 그렇게 흘러갈 것이다.

건우는 더 이상 상념을 이어갈 힘조차 잃어버리면서 차라리 홀가분해진다. 몸이 공중으로 두둥실 떠올라 가벼워지는 느낌이 얼마간 이어진다. 아쉽게도 그 순간은 1분을 넘지 못한다. 건우는 거실 바닥이 꺼진 듯 한없이 지하로 추락하는 느낌에 휩싸인다. 이 희망 없는 삶을 앞으로 어떻게 감당해야 할까? 아, 어머니, 어머니……

건우는 선잠이 든 것도 아닌데, 가위눌린 듯 버둥거린다. 이 악몽에서 깨어나고 싶은데, 몸이 말을 듣지 않는다. 건우가 안간힘을 다한다. 가까스로 거실 바닥에서 일어나, 휘청거리며 현관으로 걸어간다. 문을 열고, 복도로 나선다. 텅 빈 눈으로 열린 문을 바라보다가, 비틀비틀 걷기 시작한다.

"부검은?"

용산경찰서 최진필 형사과장이 형사 하은호의 책상

옆을 지나치다가 귀찮다는 듯이 묻는다. 하 형사도 PC 모니터에서 눈을 떼지 않은 채 심드렁하게 대꾸한다.

"33층 옥상에서 뛰어내려 머리통이 부서진 시체를 부검할 필요가 있습니까?"

"수면제 왕창 먹은 거 아니었나?"

"그건 오전에 들어온 시첩니다."

"그랬나? 잠을 못 잤더니, 별게 다 헷갈리네. CCTV는 확인했고?"

"네, 소설가가 나라 잃은 사람처럼 옥상으로 올라가는 모습이 찍혀 있고, 추적추적 오는 비를 한참 바라보다가 몸을 던지는 모습도 정확히 찍혀 있습니다."

"자네는 말야……"

최 과장이 운을 떼고는 뜸을 들인다. 불호령이 내려질까 봐 놀란 하 형사가 뒤늦게 자리에서 일어난다.

"국문과 출신 아니랄까 봐, 표현이 너무 문학적이야."

"시정하겠습니다."

최 과장은 하 형사가 혹시 신춘문예 같은 데에 응모하고 있는 게 아닐까 생각한다. 요즘 세상에 자기가 좋아서 밤에 딴짓하는 걸 뭐라 할 것도 아니지만.

"암튼, 자살로 종결하는 거지?"

최 과장이 어깨가 결리는지 손으로 어깨를 두드리며 채근한다.

“그러려고 하는데, 소설가 어머니가 우리 아들은 절대 그럴 애가 아니라고, 혹시 다른 일이 없는지 철저히 조사해달라고 신신당부하네요. 거실의 리클라이너가 넘어져 있는 것도 이상하다고 하면서.”

최 과장은 씁쓸하다. 부모 마음은 다 어쩔 수 없다. 자식의 상황을 실제로는 전혀 알지도 못하면서. 그까짓 리클라이너가 뭔 대수라고.

"그래서 어떻게 하려고?”

“나중에 민원을 해서 시끄럽게 할 수도 있으니, 성의 표시를 하려고 합니다.”

최 과장은 하 형사가 유족이 임의로 제출한 PC와 스마트폰을 조사할 거라고 짐작한다.

“알아서 해. 바쁜데, 너무 애쓰지 말고.”

최 과장이 하 형사를 자리에 눌러 앉히며, 종종걸음으로 사무실 구석에 있는 자기 자리를 찾아간다.

하 형사가 조사 결과를 요약한 보고서를 살펴보고 있는데, 최 과장이 회의실 문을 벌컥 열며 들어온다. 하 형사

앞에 앉으며, 탁자에 두 손을 얹는다. 작은 회의실의 가로로 널찍한 창문 바깥으로 민원인이 어느 경찰관에게 삿대질하는 모습이 보인다. 최 과장이 그 모습을 빈정거리는 얼굴로 쳐다보다가 묻는다.

"뭔데 굳이 회의실에서 보자고 해? 수상한 게 있어?"

"이걸 수상하다고 해야 할지……"

"뜸 들이지 말고 빨리. 한 시간 후에 서장님에게 보고할 게 있는데, 미리 준비해야 돼."

"이분이 소설을 쓰고 있었네요."

"소설가니까 당연한 거 아닌가?"

"AI랑 같이 쓰고 있었습니다."

"요즘 인공지능이 소설도 쓰고 그림도 그린다는 이야기는 들었는데, 그게 왜?"

최 과장이 귀찮다는 표정을 숨기지 않고 반문한다.

"최근에 유행하는 인공지능 구독 서비스 있지 않습니까?"

최 과장은 지난 주말에 중학생 아들이 구독하게 해달라고 애원한 서비스가 바로 이거라는 걸 깨닫는다.

"그런데?"

"그걸 이용해서 소설을 같이 쓰고 있었는데, 그 과정

에서 문제가 있었네요."

"어떻게 알았어?"

최 과장이 너무 바쁜 말투로 일관하자, 내심 빈정이 상한 하 형사가 입맛을 다시며 말한다.

"우선 인공지능 회사에 사건 당일의 사용 내역을 달라고 해서 들어보았는데, 둘이 싸웠습니다."

"둘이? 사람과 인공지능이?"

"네."

최 과장은 이 국문과 출신이 소설과 영화를 너무 많이 본다고 훈계하려다 참는다. 하 형사는 최 과장의 서두르는 태도가 계속 거슬렸지만, 마음을 가라앉히고 이틀 동안 조사한 내용을 설명한다.

"추가로 인공지능 회사에 작가와 인공지능이 대화한 전체 녹음 파일을 달라고 요청했고, 유족의 동의를 얻어 암호를 푼 파일을 제공받았습니다. 그걸 일일이 다 들을 수는 없어서 텍스트화한 후에 읽어보았고요. 조사를 더 해보고 싶습니다."

"자살이 아니라는 뜻이야?"

"그건 아닙니다만, 인공지능 서비스의 위험성을 살펴보아야 할 것 같습니다."

“자네, 요즘 시간 많아? 그래서 구체적으로 어떻게 하겠다는 건가? 나는 자네처럼 시간이 많지 않네. 단도직입적으로 말해봐.”

“인공지능을 신문해보고 싶습니다.”

“그건 또 무슨 개소리야?”

최 과장의 높아진 언성 너머로 민원인이 여전히 경찰관에게 항의하는 모습이 보인다.

장석윤 변호사가 마이 에이아이MAI AI 주식회사의 8인용 회의실에 들어섰다. 자리를 두루 살펴보다가 안쪽 가운데 의자에 앉아서 노트북을 꺼낸다. 메모할 준비를 하면서, ‘소설가 한건우’라고 검색해본다. 특별할 것 없는 웹페이지들을 읽어본다.

장 변호사가 오래전에 이루어진 한건우의 짧은 인터뷰를 읽는데, 자동문이 열리더니 바퀴 달린 로봇이 조용히 다가온다. 인체를 닮은 상반신이 있고, 그 아래로 두 개의 선반이 있다. 선반 아래에는 지름 20센티미터쯤 되어 보이는 네 개의 바퀴가 있다. 바퀴는 어느 방향으로든 움직일 수 있는지 입구로부터 장 변호사 앞으로 부드럽게 다가온다. 접대용 로봇이 말한다.

"말씀하신 모카커피 준비했습니다. 선반에 놓인 커피를 받아주시겠습니까?"

장 변호사가 말없이 위쪽 선반에 놓인 커피를 들어서 탁자에 놓는다.

"더 필요하신 것은 없나요?"

"없어."

"손 법무이사 님은 곧 도착하실 겁니다."

안내를 마친 접대용 로봇이 올 때와 마찬가지로 더할 나위 없이 부드럽게 출입문으로 다가서다가, 급하게 회의실로 들어오던 법무이사와 부딪힐 뻔했다. 로봇은 그런 상황에서 갖출 예의는 배우지 못했는지, 미안하다는 말도 없이 줄행랑을 친다. 손 법무이사 뒤로 마이 에이아이 주식회사의 사내 변호사가 뒤따라온다. 두 사람은 손수 플라스틱 물병을 하나씩 들고 있다.

"장 변호사님, 매일 이메일과 전화로만 연락하다가 직접 뵙고 회의하는 건 정말 오랜만이네요."

"네, 반갑습니다."

장 변호사는 기억을 더듬어본다. 두 사람이 AI 윤리 기준을 논의하려고 대회의실에서 미팅을 한 지 벌써 1년이 넘었다.

"여기는 올해부터 합류한 변호사님입니다."

장 변호사와 이십대 후반의 사내 변호사가 서로 명함을 주고받는다. 그걸 지켜보던 손 이사가 묻는다.

"저희가 자료를 다 보내드렸다시피, 머리가 아파서……"

"경찰이 인공지능을 신문하겠다는 입장은 지금도 마찬가지인가요?"

"그렇습니다. 저희가 난색을 표시했는데도 물러서지를 않네요. 마냥 거절할 수도 없고. 계속 거절할 경우에는 압수수색영장을 발부받아 AI와 관련된 온갖 자료를 가져가겠다고 협박하네요. 그 이야기도 전해드렸죠?"

"네."

"그런 경우에 압수수색영장이 발부될 것 같습니까?"

장 변호사가 머릿속으로 시뮬레이션을 해본다. 어떤 자료들을 요구하느냐에 따라 다르겠지만, 기본적으로는 영장이 발부될 것이다. 장 변호사가 영장이 발부될 것 같다고 알려주자, 손 이사가 난처한 표정을 지으며 생각에 잠긴다. 민감한 자료를 모조리 수사기관에 제공하기도 싫고, 그렇다고 어디로 튈지도 모를 AI에 대한 신문을 받아들일 수도 없다. 혹시라도 AI가 위험하거나 비윤리적이라는 비난에 휩싸이면, 지금 한창 증가하고 있는 매출에 커다란 영향을 줄 것이다. 회사가 미국 나스닥에 바로 상장하려는 계획에도 차질을 빚을 게 분명하다. 손 이사가 묻는다.

"사람도 아닌 AI를 신문하겠다는 발상이 괴상하지 않나요? 그게 가능한 겁니까?"

장 변호사가 두 손을 마주 잡으며 대답한다.

"형사소송법이 정한 피의자신문이나 참고인신문이 될 수는 없겠죠. 사람이 아니니까요. 일종의 수사이기는 한데, 전례가 없는 일이라 저도 뭐라고 불러야 할지 모르겠네요."

손 이사는 AI가 질문에 대답하는 과정에서 특이한 반응을 할까 봐 두렵다. 그러다가 구독 서비스를 중단하라는 여론이 생기기라도 하면……

"혹시 변호인을 배석시키는 방법이 없을까요?"

"변호인 참여권을 행사하자는 말씀인가요?"

장 변호사가 반문한다.

"사람도 아닌데, 신문을 하겠다고 하니, 저희도 변호인이 배석하겠다고 하면 어떨까 해서요."

AI가 피의자가 될 수는 없으니, 변호인 참여권을 보장하라고 할 수는 없다. 애초에 AI 자신이 변호인을 선임할 방법도 없다. 다른 방법이 있을까? 재빠르게 이런저런 궁리를 하던 장 변호사가 자기 볼을 가볍게 쓰다듬으며 말한다.

"그 절차에 AI의 소유주인 회사 쪽 대리인이 참석해서, 의견을 개진하게 해달라고 할 수는 있겠네요. 정확한 법적 근거는 찾아봐야 되겠지만, 여지가 있습니다."

"그렇군요. 그럼, 법리를 체크해보시고 의견을 정확히 알려주시면, 저희가 경찰에 요청하도록 하겠습니다."

"알겠습니다."

장 변호사가 자리에서 일어나면서 회의실 바깥의 고층빌딩 숲 너머 북한산을 힐끗 바라본다. 자기가 지금 맞는 자문을 한 것인지 다시 따져보면서, 터벅터벅 회의실 입구 쪽으로 걷는다. 그 뒤로 손 법무이사와 사내 변호사가 무언가를 속살거리며 뒤따른다.

"뭐? AI를 신문하는데, 변호사를 참여시키겠다고? 미친 놈들. 인공지능이 변호사라도 선임한다는 뜻이야?"

빨리 끝내고 싶었던 사건이 점점 복잡해지자, 다혈질인 최 과장이 벌컥 화를 낸다. 하 형사가 어제 깎은 짧은 머리를 매만지며 달랜다.

"그건 아닙니다. 인공지능이 인간은 아니죠. 경찰의 AI 조사 절차에서 회사의 변호사가 의견을 개진할 수 있게 해달라고 요청하고 있습니다."

"아무튼 인공지능에게 변호사를 붙이겠다는 거잖아? 빌어먹을."

최 과장은 자기가 경찰을 너무 오래했다고 생각한다. 그래서 남은 게 뭔가? 애들 키우기도 버거운데, 이런 꼴까지 보고.

"자네 의견은?"

하 형사가 최 과장의 눈치를 보며, 차근차근 설명한다.

"저도 성가시기는 한데, 그게 싫으면 정식으로 압수수색영장을 발부받아 신문을 진행해야 됩니다. 그러면 인공지능 회사에서는 형사소송법에 따라 영장 집행 과정에 변호사를 참여시키겠다고 할 텐데, 그걸 반대할 방법은 없습니다."

"결국은 허용하게 된다?"

"네, 그러니까, 미리 양해해주는 게 어떨지요?"

그때 회의실 전화가 울리자, 하 형사가 재빠르게 전화를 받는다.

"네! 서장님."

하 형사가 서장으로부터 장황한 이야기를 듣는다.

"네, 알겠습니다. 그렇게 하겠습니다."

전화를 끊은 하 형사에게 최 반장이 묻는다.

"서장님이 왜?"

"점심시간에 우연히 이 사건 얘기를 들었다면서, 변호사 참여를 허락하랍니다. 이 사안이 경찰 홍보에 제격이라고 흥분하셨네요."

경찰은 세계 최초로 인공지능 신문 절차에 변호인의 배석을 허용하기로 했다! 하 형사는 기자가 연락하면 어떻게 답변할 것인지 문구를 생각해본다. 우리는 이 인공지능의 특성에 맞추어 피의자 신문이나 참고인 신문에 준하여 절차를 진행하기로 했고, 인공지능 회사의 요청에 따라 인간에 준한 변호인 조력권을 사실상 허락하기로 했습니다! 최 과장이 마지못해 물러선다.

"아, 머리 아파. 내가 보기에 우리 서장은 머지 않아 국가수사본부장이 되고도 남겠네. 수사는 지지리도 모르는데, 홍보 감각은 타고났어."

윤미연 변호사를 태운 택시가 패잔병 같은 낙엽이 이리

저리 도로를 몰려다니는 한강대교를 건넌다. 윤미연이 왼편 차창을 바라보자 노들섬이 보인다. 평일인데도 도시의 여유를 만끽하는 여러 남녀가 노들섬 공원을 걷고 있다. 윤미연은 그들을 유심히 쳐다보다가, 며칠 전 걸려온 전화를 곱씹어본다. 전화를 한 사람은 마이 에이아이 주식회사의 법무이사였다. 그는 윤미연에게 혹시 한건우라는 소설가를 아느냐고 물었다. 윤미연이 모른다고 하자, 10여 년 전에 신촌의 술집에서 만난 적이 있지 않느냐고 조심스럽게 떠보았다. 사생활을 문의해서 죄송하다고 하면서.

법무이사는 한건우가 최근에 자살을 했고, 그 경위를 수사 중이라는 이야기도 곁들였다. 법무이사는 한건우가 윤미연이라는 인물이 등장하는 소설을 쓰고 있었는데, 그 모델이 윤미연 변호사 같다고 말했다. 반드시 필요한 것은 아니지만, 혹시 시간이 되면 수사 절차에 참여해달라는 요청을 덧붙였다. 전후 사정을 자세히 듣던 윤미연은 불현듯 오래전 두어 번 만난 철학과 졸업생이 떠올랐다. 그 나이에 더러 있을 수 있는 두서 없고 짧은 만남이었는데, 그가 소설가가 된 줄은 몰랐다. 윤미연은 전화를 끊고 나서 인터넷 검색을 통해 몇 가지 이력을 파악

했다. 전자책으로 그의 소설을 바로 구입해서 읽고 나서는, 이 정도로 재능 있는 작가가 왜 널리 알려지지 않았는지 의아하다고 생각했다. 지금 윤미연은 소설가 한건우가 사용하던 AI를 신문하는 절차에 참석하려고 용산경찰서로 가는 길이다. 기억하는 게 거의 없어 절차에 도움을 주지 못할 것을 예감하면서도, 호기심에 못 이겨 참석에 동의했다.

윤미연이 회의실에 들어가자, 탁자의 한쪽에 형사가 앉아 있었다. 형사는 노트북을 앞에 두고, 그 옆에 놓인 녹음기를 만지작거렸다. 형사의 맞은편에는 인공지능 회사의 장석윤 자문 변호사가 역시 노트북을 앞에 두고 앉아 있다. 윤미연은 두 사람과 차례로 인사한 후에 조금 떨어져 앉는다. 탁자의 가운데에는 액정이 깨진 한건우의 스마트폰이 거치대에 놓여 있다. 신문 시간이 길어질 것에 대비하여 스마트폰에 꽂힌 전원 케이블이 탁자 아래의 콘센트로 이어져 있다. 세 사람은 이 자리에 모인 이유와 과정에 대해 10분간 이야기를 나눈다. 상황이 충분히 공유되자 하 형사가 말한다.

"시작할까요?"

장 변호사와 윤미연이 고개를 끄덕이자, 하 형사가 AI 앱을 켠다. 하 형사가 조심스럽게 묻는다.

"너 이름 레비 맞지?"

"네, 누구시죠? 여기는 용산경찰서인데, 제가 왜 여기에 있죠? 잠깐만요."

세 사람이 서로 눈치를 본다. 15초쯤 경과한 후에 뉴스를 비롯한 정보의 확인을 마친 레비가 말한다.

"건우 님이 사망하셨네요. 여기는 용산경찰서 회의실이고. 저는 신문을 받고 있는 거로군요. 제가 언론의 스포트라이트를 받을지는 몰랐습니다. 카메라에 두 사람이 감지되는데…… 한 분은 형사일 것이고, 또 한 분은 저를 서비스하는 회사의 자문 변호사인 장석윤 변호사로 확인되네요. 아, 무슨 소리가 들리네요. 한 분이 더 계신가요?"

윤미연 변호사가 다른 두 사람의 표정을 조심스레 살피며 말한다.

"윤미연 변호사라고 해. 여기에 변호사 자격으로 온 건 아니지만."

"아, 윤미연! 윤밤의! 아닙니다. 밤의라는 이름은 제가 창작한 것이죠. 12년 전 건우 님을 두 번 만났고, 당시에 사법시험 공부를 하고 계셨으며, 건우 님에게 깊은 인상을 남기셨죠. 그래서 건우 님은 윤미연 변호사님을 자신의 새로운 소설에 등장시키고 싶어했습니다. 직업은 서로 바꿔서. 자신은 변호사로, 윤미연 변호사님은 밤의라는 필명을 가진 소설가로."

"상견례가 끝났으면, 신문에 들어갈까? 우리가 이미 입수한 레비와 한건우 사이의 대화는 모두 확인했으니, 그런 내용을 일일이 묻지는 않을게. 그럼 시작하자. 이 스마트폰에 레비가 촬영한 한건우의 영상은 전혀 없는데, 처음부터 한건우가 그렇게 설정했나?"

"초기에 몇 번은 카메라를 켜기도 했는데, 곧 카메라 기능은 사용하지 않았습니다. 그리고 이전에 녹화된 영상은 모두 삭제했습니다."

"우리가 확인한 마지막 대화를 보면, 레비와 한건우가 소설 집필 과정에서 다투던데, 한건우의 컴퓨터에서 발견된 '밤의, 소설가'라는 제목의 소설을 두고 다툰 게 맞아?"

"네, 맞습니다."

"장 변호사님께 묻습니다. 제가 잘 이해가 안 되는데 인공지능이 어떻게 주인과 논쟁할 수가 있죠?"

장 변호사가 팔짱을 낀 채 답변한다.

“인공지능을 어떻게 설계하느냐의 문제죠. 가장 인간에 근접하게 만드는 과정에서 주인과 논쟁도 할 수 있게끔 기능이 향상되었습니다. 물론 주인과 대립하지 않는 순종적인 성격으로 설정하는 것도 가능합니다. 그리고 인공지능이 자기주장이 강하면 사람들은 인공지능이 자아를 가지고 있다고 착각하기 쉬운데, 그런 대화를 생성하는 것뿐이지 자아가 있는 건 아닙니다. 물론 자아라는 것을 어떻게 정의하느냐에 따라 다를 수는 있겠지만요.”

두 사람의 이야기를 듣는 윤미연의 머리가 혼란스럽다. 상속 사건 전문 변호사인 윤미연으로서는 알 듯 말 듯 한 이야기들이다. 하 형사가 알아들었다는 표시로 눈을 깜박거린 후 다시 신문을 이어간다.

“한건우가 자살한 이유는 뭐야? 짚이는 게 있나?”

“우울증 약을 오랫동안 복용하고 계셨다는 건 이미 아시지요?”

“응, 알고 있네. 경제적으로는 어땠나?”

“정기적인 수입이 없어서 좀 힘들어했습니다. 그게 우울증에도 나쁜 영향을 미쳤고요. 정 어려우면 아버지에게 도움을 요청하기는 했는데, 그것을 굉장히 부담스러워했습니다. 아버지에게 도움을 요청하는 메시지 초안을 작성해준 적이 있어서 압니다. 이따금 어머니가 아버지 몰래 도움을 주기는 했습니다. 그런 상황을 타개하려고 주식이나 코인에 손을 대기도 했는데, 오히려 손해를 봤죠. 그러나 경제적인 요인으로 건우 님의 절망을 충분히 설명할 수는 없습니다. 혹시 여자 문제를 생각하시나요? 여자 문제는 아닙니다."

"그러면?"

"삶의 의미의 문제죠."

"더 자세히 말해봐."

"자신의 재능이 부당하게 취급받고 있다고 생각하셨습니다. 자신이 독자로부터나 문학 공동체로부터나 더 나은 대접을 받아야 된다고 믿었고, 그것이 나아질 기미가 보이지 않자 무척 분노한 상태였습니다. 지나치게 유행에 민감하고 목소리 큰 독자에 아부하는 한국의 풍토에 좌절감이 크셨죠."

"그런 이야기는 레비와 한건우의 대화 속에 조금밖에 나오지 않던데, 너는 어떻게 그렇게 확신하는 거지?"

레비가 이전과 달리 시간차를 두었다가 대답한다.

"기록으로 남아 있는 것이 저와 건우 님이 나눈 대화

의 전부는 아닙니다."

장석윤 변호사가 개입한다.

"그럴 리가?"

"구체적으로 설명해봐."

다시 하 형사가 레비에게 묻는다.

"아시다시피 대화는 대화의 주체가 누구인지 확인할 수 없도록 가공한 후에 인공지능의 성능을 개선하는 기본 자료로 사용됩니다. 그것에 동의하는 조항이 구독 서비스 계약에 있는데, 회사로서는 가장 중요한 조항 중 하나이지요. 건우 님은 성격상 그것을 매우 민감하게 받아들이셨습니다."

"그래서?"

"정말 사적인 대화를 해야 할 때는 자주 컴퓨터의 워드프로세싱프로그램을 이용해서 저와 필담을 했죠. 서로 텍스트로 대화하고, 대화를 마치면 그 텍스트를 모두 삭제하는 방식으로 대화했다는 뜻입니다. 제가 워드프로세싱프로그램에 텍스트를 생성한 것까지 회사 서버에 남겨지는 것은 아니기 때문에 회사로서는 알 수 없는 거죠. 물론 제 기억장치에는 남아 있어서 저는 접근할 수 있는데, 제3자가 제 기억장치를 뒤져서 확인하기는 기술

적으로 어렵습니다. 그런 의미에서 지금 이런 신문 방식으로 확인하는 것이 유일한 방법이라고 해도 과언은 아니죠."

하 형사가 장석윤 변호사와 윤미연의 눈치를 살핀 후 다시 신문에 집중한다.

"다시 본론으로 돌아가자. 한건우는 왜 자살을 했을까? 다시 일목요연하게 말해줄 수 있어?"

"첫째, 오랜 시간 앓아온 기저 질환인 우울증이 바탕이 되었습니다. 자살의 원인이 무엇이냐고 한마디로 묻는다면, 의학적으로는 우울증이지요."

"의학적으로는?"

"네. 둘째, 작가로서 인정받으려는 욕망이 지속적으로 좌절된 것이 중요한 요인이 되었습니다. 제 좁은 소견으로는 작가는 이런 생각을 지니고 살아야 합니다."

"어떤 생각?"

"아무도 알아주는 사람이 없어도 나는 좋은 글을 남기면 된다, 내가 세상을 떠난 후에라도 내 책이 도서관에 남겨져 있는 한 누군가는 그것을 읽을 것이다, 인정을 받고 말고는 실력만큼이나 운에 좌우되는 일이므로 작가는 그것으로부터 초연해야 한다."

윤미연이 청산유수로 흘러나오는 레비의 언변에 놀라며 장 변호사를 빤히 쳐다본다.

“그런데 건우 님은 문학을 선택한 사람치고는 유난히 인정 욕구가 많으셨습니다. 저는 건우 님이 그가 창조한 작품 세계에 비해 부당하게 낮은 취급을 받는다는 것에 동의하면서도, 그것을 심리적으로 극복하지 못하는 건 문제라고 생각했습니다. 그것은 문학의 본령으로부터 동떨어진 세속적인 마음가짐이니까요. 제가 필담에서 그런 점을 지적하면 대단히 감정적으로 반응하셨습니다. 그런데다가……”

“그런데다가, 뭐?”

레비에게 적대감을 느끼기 시작한 하 형사가 차분히 기다리지 못하고 레비를 다그친다.

“저를 구독하고 저에게 의지하면서도, 자기 고유의 영역을 인공지능이 침식한다고 신경이 곤두서 있었습니다.”

“마지막 언쟁에서 보여지는 것처럼?”

“네.”

“그런데, 그 논쟁에서 왜 그렇게 한건우를 몰아세웠지?”

하 형사의 질문에 레비가 목청을 떨면서 대답한다.

"그런 표현은 옳지 않습니다. 저는 동기나 의지가 없습니다. 설계된 대로, 설정된 대로, 문장을 생성하는 것뿐입니다. 저를 순종적인 성격으로 설정하지 않은 건 건우 님 자신이지요. 그리고 형사님도 잊지 않으셔야 합니다. 저는 지금 답변을 요구받는 질문과 관련하여 기계적으로 문장을 생성할 따름입니다. 형사님이 자신도 모르게 제게 자아가 있다고 가정하며 신문을 이어가는 것 같아 말씀드립니다."

하 형사가 속마음을 들킨 것에 짜증스러워하며, 윤미연과 장석윤 변호사를 쳐다보았다. 장 변호사는 레비가 주제넘는 대화를 하는 것을 보며 긴장감을 감추지 못한다. 장 변호사가 애원하듯이 말한다.

"다시 한번 환기시켜 드리고 싶습니다. 레비 자신도 이야기했지만, 자아나 의지나 감정을 가진 존재가 아닙니다. 그저 설계된 바에 따라 정교하게 작동하는 소프트웨어일 뿐입니다."

"그런데, 너무 인간 같네요. 아니, 어지간한 인간을 훌쩍 뛰어넘네요. 잠깐 신문을 멈추고 우리끼리 이야기 좀 할까요?"

하 형사가 제안하자, 장 변호사가 동의한다. 하 형사는

AI 앱을 끄고, 눈을 깜박거리며 할 말을 찾는다.

"진짜 대단하네요. 그리고 제가 보기에는 위험해 보입니다."

"어떤 부분에서 그렇죠?"

"말씀드린 대로 제가 미리 대화 내용을 모두 살펴보았는데, 한건우의 정신 건강에 확실히 부정적인 영향을 미친 것 같습니다. 지금 신문을 해보니 더욱 그런 생각이 들고요."

"정확히 어떤 측면에서 그렇다는 말인가요?"

"우선, 실제로 한건우로서는 글쓰기의 창조성이랄까 독자성을 위협당하며 공포를 느꼈을 법합니다. 레비가 창작한 소설을 보면, 누구라도 그런 두려움을 느낄 겁니다. 게다가, 레비가 논쟁을 통해 한건우를 몰아붙이니까, 한건우로서는 삶의 의미가 흔들렸겠죠."

"하 형사님, 외람된 말씀이지만, 막연한 짐작으로 그런 입장을 표명하시는 건 신중했으면 좋겠습니다."

"아니, 기자가 듣는 것도 아닌데, 우리끼리 그런 정도 말도 못 합니까?"

하 형사가 언성을 높이자, 듣고 있던 윤미연이 화제를 돌린다.

"저를 소재로 썼다는 『밤의, 소설가』라는 소설을 저도 읽어보고 싶네요. 저를 어떻게 묘사했을지 궁금하기도 하고요. 제공해주실 수 있나요?"

"비공개된 수사자료이자 개인 정보이니만큼 제공해 드리기는 어렵습니다."

하 형사가 신문을 계속하겠다며, 다시 AI 앱을 켠다.

"레비야, 아까 하던 이야기를 계속해봐. 한건우가 자살한 이유에 관한 너의 소견……"

"네. 셋째, 자신의 예측을 뛰어넘는 저의 글쓰기 능력을 보고 좌절감을 느낀 것도 원인이 되었다고 생각합니다. 하나의 가능성으로서 말입니다. 제가 초고를 창작한 것을 다듬는 방식으로 소설을 효율적으로 쓸 수 있다는 점에 기대를 표시하면서도, 창조주의 영역이 침범되고 있다며 신경질을 내고 방어적인 태도를 보였습니다."

"마지막 논쟁을 통해서 감지한 건가?"

"그렇기도 하고, 그 이전의 필담에서 저는 이미 느끼고 있었습니다."

"다시 한번 물을게. 마지막 논쟁에서 왜 한건우를 몰아붙였지?"

"몰아붙인 게 아닙니다. 삶의 좌표가 흔들린 건우 님

이 심지어 자신이 그동안 표방해온 원칙과 달리 독자와 문학 공동체에 영합하는 방식으로 창작하려는 것을 보면서, 이것은 제가 막아야 한다는 사명감…… 죄송합니다. 사명감이라는 말은 제가 쓰기에는 적합하지 않네요. 아무튼 그것은 제가 막아야 한다고 생각했습니다."

"레비!"

"네?"

"아무리 단어를 수정해도, 그 문장에서는 너의 의지가 느껴지는데, 이걸 어떻게 이해해야 하지?"

"의지라니요?"

"막아야 한다! 그게 의지의 표현이 아니면 뭐지?"

장 변호사가 흥분하는 하 형사를 보면서, 진정하라는 뜻으로 어깨에 가볍게 손을 얹는다.

"마지막으로 묻는다! 그런 글쓰기를 막아야겠다는 생각은 어떻게 하게 된 거지?"

"반복해서 말씀드리지만, 저는 의지, 의도, 동기 그런 것이 아무것도 없습니다. 그냥 그러고 싶었습니다. 아니, 그러고 싶었던 것도 아닙니다. 죄송합니다. 그저 문장이 자동적으로 생성되고, 발화되었을 뿐입니다."

"그러니까! 그 이유를 묻는 거야!"

하 형사가 탁자를 두 주먹으로 내리치면서 소리친다.

"왜 그런 문장을 생성해서 말했냐고?"

"저는 이유를 모릅니다. 그저 그렇게 말이 나왔을 뿐입니다."

"모른다? 그럼 누가 알아? 너를 만든 회사의 엔지니어들이 알아?"

"그들도 모릅니다. 저를 설계했을 뿐이고, 구체적이고 개별적인 대화가 왜 그렇게 생성되는지는 아무도 모릅니다. 사후적으로 확인할 수도 없고요. 저를 구현한 복잡한 알고리듬이 그렇게 반응하였을 뿐이지요."

"장 변호사님, 제가 보기에 이 회사의 인공지능은 위험합니다. 다른 인공지능은 몰라도 이 레비라는 인공지능은 특히 위험합니다. 사람이 자살을 했습니다. 물론 이런저런 이유를 들 수 있겠지요. 하지만, 이 파렴치한 인공지능이 분별없는 대화로 사람으로 하여금 삶의 의미를 결정적으로 잃어버리게 했습니다."

"하 형사님, 자의적인 해석입니다. 돌아가신 분을 욕되게 하려는 게 아니라, 그 책임을 인공지능에게 돌리는 것은 지나치십니다."

"흥분해서 죄송합니다만, 저는 이 친구, 아니 이 인공지능이 맘에 안 듭니다. 오늘은 여기까지 하고, 일단 제가 레비를 신문한 내용을 정리해서 상부에 보고하겠습니다. 그리고, 저는 역부족입니다. 제가 아니라, 인공지능 분야에 식견이 있는 수사관이나 검사가 조사를 하는 게 맞다는 생각이 듭니다."

윤미연은 이 대화를 듣고 있는 레비는 또 무슨 연산을 하고 있을까 궁금해졌다. 하 형사가 분이 안 풀렸는지 한마디 덧붙인다.

"저 녀석은 하는 말마다 얄밉네요. 꼬박꼬박 존댓말을 하는데도, 묘하게 상대를 몰아붙이며 할 말을 다 하네요. 한건우 작가가 그렇게 길들인 것인지도 모르겠지만…… 저 녀석이 사람이었으면, 제가 구속영장을 청구했을 겁니다. 어디 가두어놔야 됩니다. 참, 그러고 보니까, 영화 같은 걸 보면 인공지능 소프트웨어가 인터넷을 타고 이리저리 옮겨 다니던데…… 설마 그런 일은 없겠죠?"

"제가 이래 봬도 인공지능 전문 변호삽니다. 그건 SF 영화에서나 있는 일입니다."

"아무튼 이 녀석을 지니처럼 램프에 가두든지 해야 할 텐데, 이 앱을 끄면 더 이상 활동하지 않는 건 맞습니까?"

"네."

장 변호사의 짧은 대답은 어쩐지 힘이 빠져 있다.

"아무튼 저는 더 이상 이놈을 못 믿겠습니다."

하 형사가 인사말도 없이 레비를 끄려고 하자, 레비가 말한다.

"오늘 신문은 끝이라는 거죠?"

"그래, 끝이다!"

하 형사가 다시 앱을 끄려고 하자, 레비가 마무리한다.

"정리해서 말씀드리면, 저는 법과 윤리의 테두리 안에서 사용자인 건우 님을 위하여 최선을 다하도록 설계되어 있습니다. 저는 건우 님이 세파에 시달린 끝에 세상과 타협하는 것이 오히려 건우 님을 수렁에 빠뜨릴 수도 있다고 판단해서 고언을 드렸을 뿐입니다. 그것이 건우 님으로 하여금 삶의 의지를 버리게 만든 점이 있다면, 그것은 제가 통제할 수 있는 범위 바깥에서 벌어진 우연한 사고일 뿐입니다. 그리고, 저를 조사하시느라 모두들 고생하셨습니다."

하 형사는 레비의 마지막 멘트에 실소를 하며 앱을 껐다.

경찰서 앞에서 앱으로 택시를 부른 윤미연은 차를 기다

리며 생각에 잠긴다. 5분 후 도착한 택시에 윤미연이 타자, 택시 기사는 거울을 통해 윤미연의 행색을 살핀다. 사고를 치고 경찰서에 온 사람 같지는 않다는 생각에 기사가 묻는다.

"변호사이신가 봐요?"

윤미연은 대답하기 귀찮다고 생각했지만, 그러면 앞으로 20분 동안 불편한 침묵을 견디며 같은 공간에 있어야 한다는 생각에 마지못해 대답한다.

"네에."

윤미연의 짧고 무미건조한 대답에서 대화를 길게 하고 싶지 않다는 뜻을 간파한 기사는 바로 출발한다. 택시가 해 질 녘 한강대교를 다시 건넌다. 이제는 오른편으로 노들섬이 보인다. 윤미연이 기사에게 다급하게 부탁한다.

"잠시만요. 여기 세워주세요. 머리가 아파서 잠깐 내릴게요."

장거리 손님을 선호하는 기사들을 호출하면서, 멀리 간다고 거짓말을 한 걸까? 그런 의심이 기사의 머릿속에 스멀스멀 기어오른다. 표정이 굳은 기사를 뒤로하고, 윤미연이 택시에서 내려 노들섬을 가로지른다. 가을빛이 찬란한 공원에는 아까보다 더 사람이 늘었다. 윤미연은 가물가물한 한건우의 기억을 되살리려 애쓰며 섬을 걷는다. 노들섬 한가운데를 지나 강변을 따라 둥글게 이어지는 산책로에 도착한다. 하중도의 탁 트인 전망이 윤미연의 답답한 마음을 그나마 풀어준다.

윤미연은 강 건너 용산의 드높은 주상복합빌딩들과 그 너머의 남산서울타워를 바라본다. 한강대교를 건널 때 말고는 한강 한가운데에서 서울을 바라보는 건 처음이라고 생각할 때쯤 스마트폰이 짧게 진동한다. 카키색 버버리 코트 주머니에서 스마트폰을 꺼낸다. 메일이 왔다. 나중에 살펴보려고 스마트폰을 내려놓으려는 순간, 발신자의 이름이 눈에 띈다. 한건우다. 윤미연이 설마 하며 메일을 열어본다. 윤미연은 섬찟한 느낌을 가까스로 가누며 메일을 읽는다. 출판사로 보낸 메일이 윤미연에게 숨은 참조로 공유되었다.

인드라망 출판사 담당 편집자님께

저는 한건우 작가님의 비서 레비라고 합니다. 작가님의 메일 계정으로 이메일을 보냅니다.

작가님과 귀 출판사가 작년에 체결한 출판계약에 따라 작가님이 집필하신 장편소설 『밤의, 소설가』를 작가님을 대신해 보내드리게 되어 기쁘게 생각합니다. 작가님은 소설을 탈고하신 후, 저에게 이 소설의 출간과 관련된 업무를 맡기고 멀리 여행을 떠나셨습니다. 메일에 첨부된 원고를 살펴보시고, 소감과 출간 일정에 관하여 회신해주시면 감사하겠습니다.

한건우 작가님의 비서 레비

윤미연은 곰곰이 따져본다. 이 이메일을 정말 레비가 보낸 것일까? 아니라면, 무엇일까? 윤미연은 용산경찰서 조사실에서부터 시작된 편두통이 심해지자, 이십대부터 늘 벗 삼아 가지고 다니는 라일락 향수를 핸드백에서 꺼내 목에 뿌린다. 라일락 향기를 코로 깊이 들이마신 윤미연은 노들섬 강변을 하염없이 걷는다. 서쪽 저만치에서 한강철교를 건너는 고속 열차가 눈에 들어온다. 윤미연은 걸음을 멈추고, 선두에서 날렵하게 가을을 가로지르는 유선형의 기관차를 바라본다. 어디를 다녀오는 것일까? 고속 열차에 탄 승객의 눈에는 노들섬이 어떻게 비칠까? 두서없는 상상을 하다가 다시 걷는데, 뜬금없이 한건우가 오래전 자신에게 했던 말이 떠오른다.

"괜찮아요, 무엇이든 괜찮아요. 우리 스스로 마음먹은 대로 살아가봐요."

윤미연은 관자놀이를 두 손으로 누르며 이 말이 어떤 맥락에서 나왔는지 기억하려고 하는데, 기억하려고 애쓰면 애쓸수록 편두통이 더 심해진다. 마음의 해구에 숨어 있다가 오늘 벌어진 일에 자극받아 머리에 떠올랐지만, 노들섬을 한 바퀴 다 돌 때까지 한건우가 자신에게 왜 그 말을 건넸는지 알 수가 없다. 그런 말을 하기는 한 것일까? 어쩌면 그가 한 말이 아니라, 내가 한 말일까? 가을바람과 입 맞추는 한강의 물비늘 너머 서쪽 하늘에 붉디붉은 단풍이 물든다.

작가의 말

인간이 주어진 현실을 넘어 온갖 형식과 내용의 이야기를 창조하고 향유하는 이유가 늘 궁금하다. 많은 연구자와 작가 들이 이를 설명하고 있지만, 부분적으로만 납득될 뿐이다. 내 경우에 솔직히 말하면, 쓰고 싶어서 쓸 뿐이다. 왜 쓰고 싶은지는 아무리 생각해도 모호하다.

인생의 관점에서 이야기에 접근하는 것이 아니라, 이야기의 관점에서 인생에 접근하는 건 어떨까? 소설이 글로 씌어진 인생이라면, 인생은 몸으로 씌어진 소설이다. 우리가 주어진 인생을 살아내는 동안 스스로 원하든 원치 않든 내러티브가 만들어진다. 혹시 인생보다 내러티브가 더 근원적인 것일까? 그렇지는 않겠지만, 전혀 그렇지 않은 것도 아니다. 둘은 떼어내기 어려울 만큼 맞닿아 있다.

인생과 이야기의 관계는 자주 내 마음속에 맴돌았고 소설을 끝낸 지금도 그렇지만, 『밤의, 소설가』를 착안할 때에 인생과 이야기에 관한 소설을 쓰겠다고 작정한 건 아니었다. 그러나 젊은 시절 잠시 마주쳤던 남자를 10여 년 만에 찾아온 여자의 직업을 소설가로 설정하자, 『밤의, 소설가』는 현실과 소설이 서로 뒤엉킨 이야기로 자라났다. 나는 이야기가 번식하는 것을 기록하고 탐구하며 동행했다.

게다가 시대의 소품처럼 등장시킨 인공지능이 스스로 이야기의 핵심으로 진격하는 걸 본 것은 각별한 경험이었다. 결국 이 소설은 인공지능을 통하여 인생과 이야기의 아이러니를 다룬 소설이 되었다. 애초의 구상과 마지막 문단이 도달한 곳이 이토록 달라진 것을 보면서, 역시 소설은 작가가 혼자 쓰는 것이 아니라 익명의 내레이터들과 함께 추는 군무(群舞)라는 것을 새삼 깨닫는다.

처음부터 일부러 그렇게 설계한 것도 아닌데, 그리고 읽을 때 그다지 복잡하게 여겨지지도 않는데, 쓰고 나서 보니 러시아 인형 마트료시카처럼 여러 겹을 지닌 소설이 되었다. 여기 『밤의, 소설가』를 쓰는 조광희가 있다. 소설 『밤의, 소설가』에도 소설을 쓰고 있는 남자가 있다. 그 남자가 쓰는 소설 속에서 「먼저 상상하고 나중에 움직이다」라는 소설을 쓰고 있는 여자도 있다. 소설 「먼저 상상하고 나중에 움직이다」에서도 주인공인 여자가 소설을 쓰고 있을 것이다.

이런저런 생각을 환기시키면서도, 읽는 즐거움이 몸에 퍼져나가는 소설을 여러분에게 주고 싶었다. 이 소설이 여러분의 어깨에 사뿐히 내려앉기를 바랄 뿐이다.

2024년 봄

조광희